梁科慶

暴風危情

Q版特工 34

目錄

序：青少年文學中的一朵奇葩
——讀梁科慶新著《Q 版特工 34》

宋詒瑞
香港兒童文藝協會會長

七月間我們兒童文藝協會將與上海同行聯手召開滬港兒童文學研討會，此屆主題為「滬港童書的魅力」。本港的兒童文學作家新手輩出，作品繽紛多彩，其中頗為吸引眾人注目的一個名字是—— 梁科慶。他的「Q版特工」系列自 1998年推出至今十多年內已經有了三十多集，大受中小學生歡迎，多年評上好書龍虎榜，第29集《暗域狙擊》榮獲第十二屆香港中文文學雙年獎，第 13集《鴉殺》獲得第四屆全國偵探小說最佳懸疑獎，並曾在本港改編成話劇上演。那麼，說他的作品頗具魅力，由他來談談這個題目是當之無愧的了。但是，他的作品到底有多大的魅力，為何能如此勾住青少年的心思？這是我亟欲一探究竟的。

這本《Q版特工 34》我得以先睹為快，誰知一看就放不下手，懷着少年人般的好奇心一口氣讀了下去。閱畢掩卷沉思，深感作品中的多個特點是打動了我的。

都說兒童文學作品要有知識性、教育性和趣味性，有人把前兩者視為緊要，作品就易流於教條說教，孩子們會說「好悶」。都知道趣味性對作品的重要，但是這點不易做得好，純為逗笑的趣味性使作品流於俗氣，沒有真正趣味的所謂趣味性同樣是兒童不屑一顧的。

《Q版特工 34》與以往數集同樣是獨立成故事的，講述國際特工阿Wing赴美探望故人，卻偶然地介入了一宗疑案，他當然不會置身事外，由此展開故事。全書給我的印象是：有強烈的趣味性，淡淡的哲理性，以及簡潔準確的遣字造句。

趣味性強，首先表現在主人翁的塑造成功。阿Wing是個貌似普通的青年，他身穿T恤牛仔褲，口嚼口香糖，愛喝紙包奶，有鼻敏感，有間歇性的糊塗……這不是你我身邊常見的鄰家男孩嗎？這使小讀者感到親間和距離，設法不讓她看見我，畢竟，我此行的最終目的，充其量是隔着玻璃窗偷看她幾眼，確認她平安，便悄然而去。

不管腳步放得多慢，終究到達咖啡店門前。外面的玻璃門鎖着，裏面的燈黑了，門上掛着一面「Closed」木牌。

她仍沒開店，下一步，該到她的住處看看嗎？咖啡店裏有沒有別的員工可以問一聲？

我把兩掌平放在前額與玻璃門之間，減少玻璃表面的反射炫光，瞧清楚咖啡店內部。瞧了一會，裏面蒼蠅也沒一隻。

「砵砵——」身後有人大力響號。

「喂！你呀！香港人——」

香港人？是喚我嗎？我轉身，看時，喚我的人開着一輛深藍色的Chevrolet Colorado四門pickup truck。他頭戴牛仔帽，三十多歲，把小貨車停在馬路對面。

我認得他耶！冤家路窄，他就是那個經常借故接近她的粗魯農夫。

「你找晴嗎？」農夫朗聲問。

「晴？誰是晴？」我不得不撒謊。芷晴是她在美國的新名字，但我不能讓她知道我來找她，也不能讓農夫知道我是她的朋友。

「快上車！沒時間了。」

我訝然失笑，應道：「老兄，我不趕時間……」

「情況危急！我沒時間跟你說笑。你想活命的話，就立即給我上車！」農夫咬牙切齒，樣子又急又氣。

關乎活命那麼嚴重？正當我狐疑之際，忽地狂風大作，吹得塵土撲面，斷葉翻飛，懸掛外牆的店舖招牌左搖右擺，路旁一個圓形垃圾桶被風吹翻，「碌碌碌」的滾過馬路，撞在小貨車的後輪之上。

這股怪風不僅來得突然，還夾着陣陣寒氣。我不禁連打兩個噴嚏，登時呆住了。

「看——」農夫指着西面的天空。

一路上，我垂頭耷腦，心裏又惦記她，完全沒留意天色。這時，抬頭一看，原來西面上空不知何時聚了大團又黑又厚的雷暴雲礁，遮天蔽日，範圍不住蔓延，正朝小鎮湧來。

「啊呀！」我不假思索，立即奔向農夫的小貨車。

「隆——」天上雷電交加，接着，大雨混着棒球大小的冰雹一併降下。

我抱着頭，拉開車門，竄進車廂前座，狼狽極了。

冰雹砸落車頂，「噼啪」響。

車廂後座還坐着兩個老婆婆，其中一個抱着一隻不住顫抖的受驚花貓，兩人神態自若的齊聲向我說「嗨」。

農夫急急踩油，把小貨車開走。這人身量高大健碩，四肢發達，舉止粗獷，無論外表或內涵，都跟她絕不相襯。他若想追求她，簡直癩蛤蟆想吃天鵝肉。

「我叫彼得，他們是瑪花和麗莎。這次的警報來得太急，大家急於撤走，竟忘了他們，我想起時，馬上開車過去接，回程途中，想不到遇上你。」

「什麼警報……」

不用他回答了，一股細長的黑色漏斗雲像巨蟒吐舌一般從雷暴雲底部延伸下來，迅速到達地面，形成一個巨大的移動旋渦，附近地表的沙石、草木，以及一切雜物統統被吸走。

那是龍捲風呀！

「頭一遭看見嗎？」彼得瞥我一眼，我的神色一定很慌張。

「不，不是，看過很多遍，」我強作鎮定，「在電影院。」

「哈哈，你真風趣，你叫什麼名字？」

「我叫⋯⋯劉德華。」我當然不能讓他知道我叫阿Wing，日後萬一他跟她提起，颳龍捲風那天有個叫阿Wing的香港人拍咖啡店的門，那就糟了！

幾分鐘後，雨勢稍歇，冰雹也止住，那漏斗雲同時消散。天空中，不留一絲龍捲風的蹤影，真箇來無蹤，去無影。

「完了？」我左看右看。

「還未完呢！龍捲風這東西，聚也快，散也快。那團該死的雷暴雲仍舊厚厚的，裏面貯存足夠的能量，能製造第二股、第三股……」

「嘭——」一物從天而降，落在馬路前方，轟起巨響，砸出一個大洞，嚇得車上四人一貓同聲嘩然。

彼得反應敏捷，慌忙扭軚，把小貨車靠左駛，及時避開那物。看時，那是一個——

「垃圾桶！」我把頭探出車窗，「是咖啡店門外那個嗎？」

「不是那個，這個上面印有麥當勞餐廳標誌，來自五公里外的加油站旁的快餐店。」

此時，雷暴雲改變移動方向，從東面以高速逼近我們，轉眼間，與小貨車的距離收窄至不足兩公里。天空昏暗得反常，雷聲四起，頻密的電光在雲間和雲底閃耀不停，像頭張牙舞爪的超級巨獸，隨時撲擊下來，要把小貨車一口吞掉。

「又來了。」彼得開亮車頭燈，把光度調高，「注意右邊。」

「什麼東西又來……」

話沒說完，一股新的漏斗雲柱在距我們約一千米處觸地。它的直徑超過二十米，比先前那股更大更猛，呈逆時針方向旋轉，發出可怕的「唬唬」巨響，像無數台噴射機引擎圍繞我們同時開足馬力，剎那間形成強大的環流，所過之處，地面上大小物件即時被捲上半空，摧枯拉朽，無一幸免。

「很嚇人呢！」我大力吸氣。

「這是藤田二級風，每小時風速超過180公里，破壞力相當巨大。」彼得冷靜地避開大的雜物，輾過小的。

強風帶着沙泥碎石從左側衝擊小貨車，車身劇烈顫動，小貨車彷彿快要解體似的。

每當小貨車輾過小型障礙物，車輪離地時，我不禁有點擔心，小貨車拋離地面後，會不會也給強風帶進旋渦裏？

「我見過藤田四級風。」後面抱着花貓的老婆婆神氣地說。

更遠的後面，龍捲風橫移，掃上馬路，柏油路面變得如紙牌般脆弱，一下子崩裂、扭曲、斷碎，一塊塊的給捲進漩渦之內，飛上天空。

我們若被它追上，掃中，肯定屍骨無存。

「我見過五級的。」另一個老婆婆毫不示弱。

「吹牛！倘若遇見五級風，你還有命麼？」抱着花貓的老婆婆反駁。

「我沒騙你們，那在 1953年，真的吹起一頭大公牛……」

「別吵了，女士們，我們到埗了。」彼得朝前面的棒球場昂昂下巴。

「棒球場這麼空曠，可沒擋風之處啊！」

「在地下。我們在棒球場底下，用鋼筋水泥加建一個堅固的大地牢，不用擔心。」

「原來還有地牢……」

「劉德華……」

「嗄？」我當然不習慣這稱呼。

「待會我抱瑪花，你抱麗莎。」

「誰是麗莎？」

「個子較為嬌小，抱着花貓那位。」彼得把小貨車轉進棒球場前面的泊車區。泊車區內停放着大小車輛。小貨車筆直的越過泊車區，最後停在地牢入口外面。

兩個青年打開入口大門，向我們招手。

我待要拉動車門的把手，卻被彼得按住肩頭，他說：「且住。」

半張爛木椅驀地在我的車門旁邊滾過，「龐」的撞凹前面一輛GMC休旅車的後座車門，觸動車上的保安系統，警鳴大作。

「嗚⋯⋯ 咇⋯⋯」

幸虧彼得阻止我下車，不然的話，遭爛木椅撞凹的，會是我呢！

「噢！那是比利叔叔的愛車，他一定心痛死了。」彼得搖搖頭，「我們可以下車了。」

「是。」我依然小心看清楚前後左右，確定沒雜物飛來，才跳下小貨車，急忙拉開後座車門，抱起抱着花貓的麗莎。

「來吧！跟貼我，快！」彼得抱起較胖的瑪花，大步跑向地牢入口。

我快步尾隨。

有人推來兩張輪椅，我們把瑪花和麗莎放在椅上，讓來人把他們推下斜道。

彼得拍拍那兩名青年的肩頭，讚道：「你們幹得好！留守這裏，當心那些玻璃窗，倘若龍捲風掃近，你們要跑下地牢。」

「知道。」他們對彼得頗為尊重。

「劉德華，你先下去。我去取飲料，稍後找你。」

「哦。」我定一定神，信步沿木製的斜道步下地牢。

地牢的範圍寬廣，大若半個棒球場。下面，人頭湧湧，數以百計的「災民」待在地牢之內。天花和牆壁都裝上電燈，周遭設有通風管道，出入口有六、七個之多，平均分佈於四側。這個設計除有助分散人流，萬一地面的建築物倒塌，亦不會同時堵封所有出入口。設計者考慮周詳，值得一讚。

看來，小鎮居民齊集這裏避風。咖啡店既已關門，她多半在此。没想過在颳龍捲風的日子跟她在避風地牢重逢。我躊躇起來，不自覺的靠近牆邊暗角，內心矛盾，既渴望見她，又害怕跟她相見。其實，她想見我，就不會隱姓埋名避居偏僻小鎮。唉！我真是個蠢蛋，現在，龍捲風肆虐在外，我被困地牢，躲無可躲，退無可退，跟她相見，難以避免。想到這點，我愈站愈後，最後縮在牆角的一張長凳之上。

咦，前面那個女子的背影、身形有點像她。她要轉身了。我慌起來，佯裝搔額角的癢，突兀地，用手掩住半張臉，斜眼偷看，吁！不是她！

「嗨，原來你躲在這裏。」彼得拿着兩瓶啤酒，來到我身旁，遞了一瓶給我，「這地方不錯吧？我有份設計的。」

「噢，地方真的不錯。」我接過啤酒，瞧一眼天花板，再瞧一眼彼得，說句老實話，他四肢發達，頭腦卻不簡單，外表粗獷，但做事粗中有細，真箇人不可以貌相，不由我不對他另眼相看。

「從前，龍捲風來襲，我們各自躲在家裏，有些人在房子底下闢建地牢，有些人沒有，有些地牢堅固，有些簡陋，每當遇到強勁的龍捲風，傷亡難免。」他除下牛仔帽，用手指梳抹一下濃密的金髮，再喝一大口啤酒，「五、六年前，鎮政府籌建新球場，比利叔叔和我倡議，在球場底下加建避風地牢，於是一呼百應，大家都齊心，有錢出錢，有力出力，花近半年時間，建成這個安全的地牢，一勞永逸。」

「的確造福居民。對啦，剛才，你一眼就看出我是香港人，而不是中國大陸人、台灣人，你怎做到的？」

「晴教我分辨的。晴是那咖啡店的老闆娘，來自香港。」他上下打量我，「根據晴的說法，你沒穿西裝，沒戴款式新異的口罩，我猜想，十之八九是香港人了。」

我低頭掃一眼自己身上的T恤、及膝短褲、帆布鞋，淺淺一笑，道：「各人的穿衣習慣不盡相同，不能一概而論。」

「晴還說過另一個有趣的分別，與選舉有關。台灣人今天選舉，明天知道結果；中國大陸人今天選舉，昨天知道結果；香港人沒有選舉，大家都知道結果。」

「唏，這是個冷笑話而已，你不能當真。」我苦笑，「聽起來，晴經常說笑，你跟她頗為熟落。」

「我們是朋友。她挺開朗的，像她的名字，陽光燦爛，大家都喜歡她。」

似乎，她在這裏生活很快樂，開展新的工作，認識新的朋友。那麼，我實在不該來，我的出現只會帶來痛苦和眼淚。對她，對我，對我的女友R，都沒好處。我不應也不想變成可惡的龍捲風，捲走她的平靜安穩。

「晴也在這地牢？」我試探地問。

「她不在。一星期前，她北上加拿大探朋友，然後回香港見醫生。她每隔一段日子便回香港見醫生，定期檢查身體。」

嘉薰醫生！上星期我跟他吃飯，談天說地，他竟隻字不提，不夠朋友，可惡！

她不在這裏，我略感失望，更覺寬心。

「你為什麼在咖啡店出現？」

「我嗎？我想喝咖啡。唔，是這樣的，我要往西岸，路經小鎮，停下來歇息，喝杯咖啡。」

「你的車子呢？咖啡店外面不見有車。」

「我把車停在路口。我很喜歡那段林蔭行人道，尤其是那些麻石板，看起來，像一幅巨型拼貼，因此特地下車，在上面走走。」

「哈，劉德華，你真有眼光，我愈來愈喜歡你。你知道嗎？鋪設那段行人道也是我的主意，那些麻石板由我親自挑選，從聖迭戈運過來。我們一塊一塊的鋪上去，像拼砌馬賽克一般，晴也有幫忙呢！」

電燈閃了幾下之後全數熄滅，地牢裏一片昏暗，人們只是靜了一靜，又繼續聊天，並沒恐慌，大家看似習以為常。

「電線桿給吹翻了，不用怕，地牢有後備發電機。」彼得再喝一口啤酒。

地牢深處傳來一陣「鈎鈎」機械操作聲，未幾，燈光恢復，大放光明。

「聽說，德州經常颳龍捲風，你們的日常生活，豈不大受影響？」

「德州和附近幾個州，位於美國著名的『龍捲風通道』之內，從墨西哥灣北上的濕暖氣流，與從加拿大南下的乾冷氣流，在平原地區相遇，出現鋒面，暖空氣上升，冷空氣下沉，形成對流，強烈的對流產生雷雨雲，厚密的雷雨雲製造龍捲風。」彼得以專家口吻，侃侃而談，「然而，大多數的龍捲風屬於藤田零級，有些為時數秒至十數秒，即現即散，破壞力輕微。今日那個二級風，屬於少見，實際情況，不如電影那麼誇張和驚嚇。」

「啊！原來是我少見多怪。」

「我們德州人，從小就見慣龍捲風，懂得如何應付，只要心存敬畏，自能平安無恙。」

「德州人普遍都對龍捲風存敬畏之心？」

「不，只是我個人而已，這是個人對信仰的體會。《聖經》記載：當以利亞完成任務，耶和華用旋風接以利亞升天；當約伯不斷訴苦抱屈，耶和華從旋風中回答約伯；還有〈撒迦利亞書〉說：耶和華顯現，乘南方的旋風而行。」他頓了一頓，道：「所以，我經常思想龍捲風背後的力量。」

「難怪你剛才面對龍捲風，能如此謹慎。」我也想起一節聖經金句：敬畏耶和華是智慧的開端，認識至聖者便是聰明。

「撇開信仰，龍捲風的威力驚人，面對它，驚惶失措非但無補於事，反而招致喪命，實在不得不謹慎。」他搔搔頭，「不過，除了天氣和務農，別的事情，我就一竅不通了，是個典型的鄉下佬，哈哈。」

我呷了小口啤酒，味道很苦、很澀。

眼前這個鄉下佬，人品不錯，達觀、友善、不拘小節、有責任感、有正義感，她若由他照顧，會是個好歸宿。

「各位，靜一靜。」一個大鬍子站出來，響亮地拍幾下掌，「請聽我說。」

「他是比利叔叔。」彼得小聲介紹。

「噢，那個可憐的車主。」

「龍捲風消散了，大家可以放心回家。」比利叔叔宣佈好消息，「你們家裏如有什麼損毀，需要幫忙，隨時打電話給我、彼得，或者查理警長。」

「我們走吧……」眾人魚貫從各個出口離開，像宴會完畢、戲院散場，一點也不似躲避天災。

「劉德華，這樣吧，我送你到鎮上，取回你的車子。」

「你不用送瑪花和麗莎回去嗎？」

「比利叔叔會送他們返家。」彼得把空啤酒瓶放進牆邊的垃圾桶內。

「再次勞煩你，不好意思。」

「舉手之勞，不必客氣。」他戴回牛仔帽，站起身，大步踏上斜道。

我沒立即跟在後面，讓其他人先行，一路看着彼得高大的身影逐漸離開地牢，我想，我與此地的關係也應該劃上句號。既然沒人知道阿Wing到此一遊，我就如消散了的龍捲風一般，去無影蹤。待會返回小鎮，取車以後，即往機場，乘搭最早的航班離去，永不回來。

*　　*　　*

世事往往盡如人意的少，事與願違的多。

回到小鎮，才發現我在機場AVIS公司租用的車子被塌樹砸毀，盡早離開小鎮的計劃落空。全鎮停電，無線電話失靈，手機又沒訊號，彼得提議我到他家中借用固網電話，聯絡AVIS。我唯有接納這個沒辦法中的辦法，於是，再次登上他的小貨車。

彼得驅車向北直駛，在她的咖啡店前經過，再經過一些招牌字迹日久模糊的店舖，大都重門深鎖，沿路十分冷清。

「風暴已過，為何卻甚少店主回來看看店子有沒有損壞？」我好奇地問。

「鎮上的店舖，半數停業多時。」彼得重重歎氣，「這兩年，倒閉情況特別嚴重。上月是三代經營的服裝店關門，這星期輪到街口的五金舖，明天則是街尾的照相館。唉！我們這個小鎮，式微的速度愈來愈快。」

「這麼糟糕，可有什麼特別原因？」

「理由很簡單，農夫和牧人日漸減少。年輕一輩，不肯繼續做鄉下佬，紛紛變賣祖業，遷往城市尋找機會。」彼得開始大吐苦水，「如果小鎮靠近州際公路，交通方便，或者當地有一所大學，或一家大型的罐頭加工廠之類，仍能站得住腳，可惜，我們這裏欠缺類似的發展條件。唉，偏遠小鎮式微是全國性趨勢，誰也改變不了。」

「你卻仍然留下來。」

「我的大哥和二姊在紐約，三哥和五妹在三藩市，都是專業人士。人各有志，我以繼承家業為榮，我愛德州的土地。」

「你獨力務農，挺辛苦呢！」

「也不算獨力，我留用了幾個老僱員，他們替先父母工作，看着我成長，視我如同親人。而且，我們大量使用機械，如拖拉機、收割機、捆草機等，有需要時，還租用飛機噴灑農藥，工作不算辛苦。」

「難得你有一份熱愛鄉土的情懷，不追逐都市的熱鬧繁盛。」

「我這種鄉土死硬派，愈來愈少，快要列入瀕危物種。不過，我仍有知音人，例如晴，她與別不同，人又長得漂亮，捨棄都市繁華，鍾愛鄉郊寧靜與純樸。這觀點，我跟她十分投契……」

投契個屁，她的過去，你一無所知！

「砵── 砵──」彼得響號，向對面行車線迎面而來的密斗貨車打招呼。

那車很特別，車斗經過改裝，車頂正中豎起一個鑊形的雷達，雷達旁邊還有風速計、無線電天線，車頂最前端裝設遙控攝錄鏡頭。

「他們是追風者，也是與別不同的一羣。」彼得減慢車速。

「我知道，是那些研究龍捲風的另類專業人士。」

「對，每當颳起龍捲風，人皆遠遠躲避，他們偏偏追上去。」彼得把小貨車停在馬路中心，放下車窗，「他們時常來這兒，多見多談，便跟我們混熟了。」

密斗貨車貼近彼得的小貨車停定，也放下駕駛座的車窗，一名胖子把手伸出窗外，與彼得握手。

「嗨，李察，這位是從香港來的劉德華。」

「嗨，劉德華，你好。」

「你好，李察，今趟追風可有收穫？」我問。

「來遲一步，給那風跑掉。」李察語帶失望，「本來另一團超級雷雨雲在北面逐漸形成，可是北面的橋樑倒塌，我們唯有改往南走，開上州際公路，再折向北，希望趕得及。」

「沒希望了，南面的馬路也被風吹壞。看來，你們要在鎮上滯留，我可以借穀倉給你們一用。」

「你的穀倉，嘻，沒人告訴你嗎？我們剛經過府上，看見穀倉被一輛汽車撞爛了。」

「你說笑吧？」

「你回去看看，便明白一切。我們先到鎮上喝杯咖啡，再作打算。」

「晴的咖啡店還沒開門，你們光顧麥當勞餐廳，喝那些難喝的咖啡吧！」

「還沒開門？差不多一星期了，晴沒事吧？」

「她回香港而已。」

「你怎不跟她去香港？」

「我為什要跟着去？」

「晴回香港會情郎，你好夢成空，呵呵！」

「你這衰人，狗口長不出象牙。」彼得輕搥李察的肩頭。

「你也不見得比我光采。」李察朝他扮個鬼臉，

「身形大若水牛，膽子細如田鼠，暗戀人家，又不敢表白……」

密斗貨車後面，駛來一輛甲蟲車。為免阻塞交通，李察閉口，揚揚手，便把車開走。甲蟲車隨後駛過，司機略作減速，喊道：「彼得，你的穀倉發生嚴重車禍啊！」然後揚長而去。

「果然是真的，不知有沒有人受傷？」彼得開車，加速前行。

接着下來的一段路，我們都沉默起來。

他大概擔心穀倉的情況，儘快趕回去看個究竟。

而我，聽完彼得與李察的一番對答，原來他真的有意追求她，並非我的猜測，已是路人皆知。我不禁心有戚然，不想說話，默然瞅着車窗外的玉米田，心裏默念鄭愁予的詩〈玉米田〉：

山坡的上方也是叢林
朝陽從那邊遮過
一柄金色的梳子

把濕髮梳長

把長髮梳金

愈梳愈長　愈梳愈金

而終於

溶化在一片眩耀的朝陽中去了

*　　*　　*

彼得的家位於一個平緩的朝陽小山坡之上，是一幢兩層高的別墅式木建大宅。棗紅色的屋頂，灰白色的外牆，漆油簇新，在藍天白雲底下，散發一派與世無爭、遠離塵俗的安逸。若非半小時前，親歷龍捲風的驚嚇，我會向親友介紹，這地是個理想居處。

山坡四周是緜綿數公里的農地、牧場，車窗兩邊盡是農田，一望無際，栽種着小麥、玉米、甜菜、青豆、向日葵、捲心菜、牧草等農作物。剛才的龍捲風沒掃經這區，不見破壞痕迹，農作物在微風中搖曳起伏，一片生機勃勃。

駛在農田之間，彼得再度開腔，告訴我，這些田地，共十六戶人家擁有，他佔其中一部分，至於範圍多大，他沒說下去，我沒問下去，因為，這時我們看見他的穀倉了，都被發生在穀倉的「車禍」嚇得兩眼瞪大——

情況是，有輛汽車撞毀穀倉的—— 屋頂。

整部車子車頭朝天的倒插進穀倉，在屋頂的破口露出一個銀灰色的車頭，車頭前端的五角星金屬標誌反射陽光，閃閃發亮，穀倉附近還丟落一道車門。

「天呀！」彼得托高牛仔帽的帽邊，眉頭大皺。

不消說，「車禍」的元兇是剛才的二級龍捲風，相信，它把某處的汽車捲起，摔落這兒。

小貨車快到穀倉時，一個大叔從穀倉後面跑出來。彼得停車，指着穀倉問：「達叔，可有人受傷？」

「車子是空的，砸穿屋頂，擱在乾草堆上，沒人受傷。」達叔年過六十，臉上的皺紋又長又深，像剛翻土的農田。

「那就好了，感謝上帝……」

「但，薯仔出事了！車子撞破屋頂，發出巨響，薯仔受驚，亂跑亂跳，跳過欄柵，卻跳不過鐵網，被鐵網纏住，受傷流血……」

「慘！」彼得大急，跳下小貨車，快跑過去，越過達叔，繞到穀倉後面。

我也跟着過去瞧瞧，到底薯仔是什麼東西？推敲達叔的敍述，薯仔多半不是人，若不是人，那會是馬、牛、羊、豬？

倉後面是個飼養牧畜的廄房，外圍圈着欄柵和鐵網。

薯仔原來是一匹雄馬，相當強壯，估計從腳到肩高1.7米，體重達700公斤。

那馬躺在泥地上，腹部以下給鐵網纏住，還有一柱用來釘扣鐵網的木樁連泥拔起，壓着牠的背，牠皮破血流，「嘶嘶」哀叫。

可以想像，牠驚惶失措，企圖跨越鐵網時衝力極猛，後蹄踢着鐵網頂端，凌空摔下，不僅拉倒鐵網，連木樁也一併從泥裏扯出來。

彼得跪在愛駒身旁，心情激動，喝問：「其他人呢？怎不過來幫忙，合力把牠救出來？」

「他們都趕到露絲嬸嬸那兒幫忙，聽說她的房子被風吹翻。」達叔解釋，「只剩我一人，薯仔不斷掙扎，牠愈掙扎，鐵網纏得愈緊，我按牠不牢，為怕加重牠的傷勢，不敢動手剪網。」

達叔所言不假，一匹受傷又受驚的壯馬，達叔一人應付不來。我主動上前，從旁邊的工具箱取出一柄鐵線剪，道：「你們按牢薯仔，我來剪斷鐵網。」

「謝謝。」彼得把手放在薯仔的臉上，溫柔地低聲叮囑牠冷靜，不停前後撫摸牠的臉和脖子。薯仔眨眨漆黑的眼珠，瞧瞧主人，果然不再郁動，僅在「呼呼」喘氣。

鐵網纏繞薯仔實在太緊，有些鐵線嵌入皮肉之內，我找不到空隙落剪，正感躊躇之際，達叔扛起薯仔的後蹄，道：「剪這兒。」

對，達叔有見地，馬蹄等於人的指甲，剪去些少也不會弄痛薯仔。我於是手起剪落，「啪」的剪斷後蹄上的鐵網。鐵網露出破口，空隙增大，我順勢剪下去。達叔幫忙把鬆脫的爛鐵網拉開，再移走木樁。

纏繞解除，身上的重壓驟失，薯仔本能反應的抬起頭，用前腿支撐離地，身軀一抖擻，便重新站起。

彼得拍拍馬背，臉上再現笑容。

「我帶薯仔去治傷，都是皮外傷，不打緊的。」達叔取來套索，繫在馬頭上。

「快去，快去，小心點。」彼得拍拍達叔的背。

「是，請放心。」達叔把跛着腿的薯仔牽往廄房。

「感激不盡，劉德華。我剛才不夠冷靜，處理不好。」

「愛駒受傷，人之常情。」

「我養了五匹馬，除薯仔外，還有蕃茄、蘋果、芹菜和青豆。薯仔今年四歲，是蕃茄和蘋果的兒子，在廄房裏出生，跟我的感情最好，我經常策騎薯仔在草原上奔馳。」

「薯仔很強壯，少許傷患，很快康復。」我看一眼腕錶，「我想，時候不早了，我要儘快聯絡租車公司。」

「電話在屋子的客廳，大門沒鎖，你自便吧！」彼得指一下穀倉，「我要去檢查穀倉的損壞程度。」

「好的，謝謝。」我轉身，踏上山坡石級，步向大屋。

時間實在不多，我離港前跟R說：陶公子的「愛護動物之家」在東莞開幕，我隨梁賢北上觀禮（陶公子和梁賢的故事，詳見《Q版特工 31死亡拍賣會》），三數天便回。梁賢這人有個優點，說話不多，懶管閒事，我請他代守秘密，他應道：「事不關己，己不勞心」。我知道他不會亂說，然而三數天很快便過，我延遲回港，紙包不住火，R雖信任我，但因擔心而起疑，再因起疑而「穿煲」，那就不值得了。

此時，身後傳來車聲，大概有人來找彼得，事不關己，我沒理會，直至聽見彼得自言自語的說了一句：「奇怪」，我才好奇地回身張望。

一輛 1970年舊款Buick兩門跑車慢慢駛近，芥辣黃的車身，非常搶眼，車頂和車頭蓋更髹上誇張的軍刀圖案。

「那車很別緻。」我停下來多看幾眼。

「奇怪，那車是馬田先生的至愛，平日不輕易讓人觸碰。現在，開車的人，我從沒見過。」

Buick停在穀倉前面，一個白人和一個黑人下車，兩人的年紀都是三十上下，衣履入時，不像本地人，右手背上都有眼鏡蛇頭紋身。

「嗨，兩位，打擾了。我們到處尋找失車，原來它在你們的屋頂上。」那黑人故作輕鬆和友善，神態極不自然。

「你們怎會使用馬田先生的Buick?」彼得開門見山。

「說來話長了。半小時前，我們在路上遇上龍捲風，即將連人帶車被捲上天空時，馬田先生打開地牢，喚我們進去避風，結果，我們逃過鬼門關，車子則被捲走。之後，好心腸的馬田先生為人為到底，讓我們借用這輛漂亮的Buick去尋找失車。」

那黑人說話時，那白人逕自走向穀倉，並沒打算徵詢屋主同意，沒丁點禮貌。

「朋友，且慢。」彼得阻止，「屋頂損壞……」

那黑人移步擋在彼得身前，道：「砸壞你的屋頂，我們照價賠償，請放心。」

「我不是這個意思，他這樣進去，會有危險。屋頂似乎不穩，損壞部分隨時塌下，你們欲取回車子，需要動用吊臂……」

那白人充耳不聞，直入穀倉。

我欲跟着進去，看他搞什麼，也給那黑人攔住。那黑人說：「車上有件重要之物，我們要立即取回，吊走車子之事，慢一步商量。」

「你們的車子在旋風環流之內，高速打轉，看，路邊那道飛脫了的車門，車內的物件說不定已散落農田周圍。」我大唱反調。

「我們把那東西收藏在貯物格內，但願仍在車上。哈，我這位拍檔真能幹，一進去就找到了。」

回頭看時，那白人捧一個紙巾盒大小的銀色金屬容器從穀倉走出來。物件失而復得，理當高興，他卻臉露慍色，雙眼冒火似的瞪着我和彼得。

「有不妥嗎？」那黑人也察覺不對勁。

「我在裏面的乾草堆旁找到它，它是合上的。」那白人接着打開金屬盒，盒內空無一物，只得一塊保護盒內物品的海綿厚墊，厚墊之中有四個圓孔，換句話說，盒內原本貯存四件貴重物品，現已不翼而飛。

那黑人轉身，拉開外套衣角，向我們展露插在腰間的Glock17手槍，收起惺惺作態，冷森森地說：「如果盒蓋是打開的，裏面的物件還有可能被風捲走，盒蓋合上的話，顯然，有人手腳不乾淨。你們識相的，就乖乖物歸原主，不然的話，別怪我動粗。」

「你們誤會了，我是農舍的主人，我和這朋友剛從外面回來。」彼得半舉雙手，以示不會反抗，「我們尚未踏足穀倉一步，對於這金屬盒子一無所知。」

「可惡！你，不見棺材不流淚！」那白人勃然大怒，拔槍指着彼得的頭，「你活得不耐煩麼？」

「等一等。」我跨步上前。

「不要動！」那黑人一掌把我推開，也擎槍相向。

我隱藏實力，假裝不懂武功，順勢向後一個踉蹌，險些跌倒，忙道：「他沒騙你，我們並不知情。但，他的老夥計達叔一直待在農場，目睹車子掉落穀倉。你們先問清楚達叔。」

兩人耳語幾句後，找到共識，那黑人命令彼得：「喚達叔過來。」

彼得猶豫片刻，還是高聲喊道：「達叔！過來這兒！達叔！」

「啊！來啦——」廄房那邊傳來達叔的回應。

「達叔是個老實人，向來路不拾遺，他的膽子很小，請你們先收起手槍，免得嚇壞他。我替你們詢問他，他一定知無不言。」彼得好言相勸，「其實，那些是什麼東西，正如劉德華所說，可能掉落附近什麼地方，我們可以分頭替你們尋找。」

「不關你的事。」那白人作勢揮拳攻擊彼得，「你再囉嗦，我就揍你一頓。」

彼得比他高出一個頭，大家都沒武器的話，光打一場拳頭架，他肯定不是彼得的對手。

「彼得，你想像一下，盒內的海綿厚墊中那四個圓孔，適合放什麼？」

「唔，圓孔的大小，可放高爾夫球。」

「傻話，攜帶四個高爾夫球，用個超級市場紙袋便可，何需如此慎重？」我瞄瞄那白人的一張蠢臉，「若沒猜錯，那些東西是四顆大如高爾夫球的鑽石。」

「不打自招，是你偷的。」那白人反手揪住我的衣領。

「又是傻話，我偷了四顆大如高爾夫球的鑽石，還留在這裏等物主來捉嗎？」

「彼得，」達叔從穀倉後面轉出，「你喚我幹什麼？」

那黑人和白人各自退後一步，反手把Glock17收在背後，分別站在我和彼得身後監視。那黑人輕推彼得的背，彼得會意，便問達叔：「這車子掉落穀倉後，你有沒有進過穀倉？」

「沒有，我才不進去，屋頂搖搖欲墜，隨時塌下。加上薯仔在泥地受困，我忙於照顧牠。」

彼得回頭望一眼那黑人，再問達叔：「我們回來前，有沒有其他人來過？」

「讓我想一下。有，那幾個追風者，他們經過，停下來觀看車子砸破屋頂，在大呼小叫，說是奇景，我倒沒空招呼他們。」

「他們是不是開一輛車頂豎起雷達的貨車？」那黑人忍不住插口問道。

「對，就是他們。」

「他們向南走，快追。」那白人急道，「他們開上州際公路，就難尋找了。」

「你們放心好了，南面的車路毀爛，他們離不開小鎮。聽說他們要去喝咖啡，你們往麥當勞餐廳碰碰運氣吧！」我慢條斯理地說。

那白人不懷好意的退到黑人身旁，耳語一番。那黑人盯着我們，不住搖頭。鑑貌辨色，那白人看來提出什麼壞主意，但那黑人不同意。兩人還沒找到共識之前，路上，一輛警車駛近。

「誰人報警？」那白人喝問。

「那是查理警長，風暴過後，他習慣到處巡查有什麼破壞。」彼得慢慢站出來，「你們放心，我打發他走，我不想有人受傷。」

「受傷？發生什麼事？」達叔恍然，「到底，你們是什麼人？」

「閉嘴！」那白人欲舉槍威嚇達叔，但警車駛至，他只得按兵不動。

警車停定，查理警長的下車過程有點困難。他挺着一個腰圍接近四十吋的大肚腩，唇上蓄着八字鬍，若脫下那件加加大碼的警察制服，改穿名牌西裝，我們只會聯想他是位養尊處優的財主，怎也想不到他是小鎮警長。

「呵呵，彼得，大家都說你家發生離奇車禍，我特地過來調查。哈，這宗車禍的確罕見。」查理警長眉開眼笑，毫無戒備。在這種偏遠小鎮當差，多見樹木，少見悍匪，他完全沒懷疑那黑人和白人為何把右手收在背後。

彼得說：「警長，沒事的……」

「查理警長，我是副警長呀……」裝設在警車儀表板上的通話器傳出訊息，「我們發現馬田先生頭部受傷，躺在家裏昏迷不醒，他的Buick跑車不見了……」

查理警長一直注視穀倉屋頂，此刻才留意停在路旁的芥辣黃Buick，以及幾個陌生人。他臉色一變，大喝一聲，笨手笨腳地拔槍，可是，佩槍還未完全拉出槍袋，已遭那白人用手槍指着額角。

我待要出手，那黑人第一時間閃到我背後，用槍咀抵住我的後腦，低聲道：「別動！你雖然假裝，但我看得出你身懷武功。我有槍在手，你快不過子彈。你相信我，大家合作，我不會讓人受傷。我們取回物件，馬上離去，絕不生事。」

「我們走着瞧吧！」我說。

後腦被槍咀抵住，他的指頭一動，我就沒命，我唯有靜待時機。前面，那白人三扒兩撥，便繳去查理警長的配槍，關掉他的通話器。這「黑白雙賊」果然是慣做「大買賣」的城市賊匪，少見世面的小鎮警長和農夫，怎敵得過他們呢？

「走，你們四個，平排面向穀倉。」那白人驅趕我們向前走。

「你要幹什麼？」那黑人顯然不以為然。

「為安全計，滅口。」

嘿嘿，殺人滅口？有我阿Wing在此，你可以得逞嗎？

II
FBI與無人機
強光的射燈、望遠鏡、攝影機的鏡頭、
狙擊槍的準星，全都集中於農舍大宅
正門，無人機的窺伺亦如箭在弦。
在十面埋伏、草木皆兵之中，
阿Wing如何逃生？

黑白雙賊改用彼得的Chevrolet小貨車，那白人負責駕駛。

那黑人坐在後座，寸步不離的，監視鎖上手銬的我。手銬是查理警長的基本裝備，要解開它，我不費吹灰之力，但那黑人對我忌憚非常，全程用手槍抵住我的腰，我稍有異動，他便開火。

「無端端帶這香港人同行，礙手礙腳……」那白人一面開車，一面發牢騷。

「我已說過好幾遍，實在不想多費唇舌。他懂武功，困不住的。」那黑人儘量沉住氣。

兩人之間出現矛盾，我有機可乘，於是插口挑撥：「你真識貨，可惜，找個不用腦袋思考的拍檔。」

「你說什麼鬼話！」那白人惱極，把車煞停，鬆開安全帶，拔槍轉身，「乾脆一槍一個，把他們了結，就不用費神了！」

「不行！我說最後一遍，你聽清楚。第一，我求財而已，如非必要，不會殺人，尤其殺警。」那黑人以凌厲的目光瞪着我，「第二，那批追風者有否取去我們的物件還沒肯定，萬一他們沒取，我們又殺掉農莊的人，線索完全中斷，我們無從追查物件的下落。」

「聰明，分析得合情合理，可惜，拍檔魯莽、衝動……」

「可惡！尋回物件後，即使饒你不死，我也要親手割掉你的臭舌頭。」

「到時，且看誰割誰。」我扁扁嘴巴。

「現在不是鬥嘴的時候，收起手槍，開車。」那黑人按住他的前臂，「他有心刺激你，不要中計。」

「哼！」那白人把手槍扔在旁邊的座位上，重新坐定，扣上安全帶，繼續開車。

我瞄一眼身旁的黑人，這人殊不簡單，戒備嚴密，沒出錯，我無隙出手。二十分鐘前，他以同樣的理由，阻止那白人行兇，說服他把彼得、達叔和查理警長綁在彼得的睡房裏，再用手銬鎖起我，押我同行。他說得對，他們若把我一併關在彼得家中，我十秒鐘之內定可鬆綁脫身，反過來追捕他們。

不久，加油站在望，麥當勞餐廳仍然完好無缺，不過屋頂的巨型M字標誌早被強風吹翻，丟落在停車場旁邊的草地上。停車場上，鑊型雷達屹立密斗貨車頂，也頗突出。

駛近一些，但見李察與三男一女坐在露天茶座上閒聊，喝咖啡。

一小時前那場雷雨加冰雹，把空中大部分水氣凝結降下，隨着龍捲風消失，厚厚的黑雲消散淨盡，高天之上，只剩稀薄的絲狀捲雲，隨風向南流動。陽光直射而下，在茂密的樹葉上閃耀發光。一隻反舌鳥拍翼飛離路旁的胡桃樹，在麥當勞餐廳上空翱翔，猝然下降，落在鑊形雷達上面，哼出嘹亮悅耳的歌聲，彷彿雷達所在的密斗貨車成了牠的獨唱舞台。

同一個雷達、同一輛貨車，「黑白雙賊」殺氣騰騰地盯着，盯着。

小貨車緩緩駛近密斗貨車，相距大約三個車位，停定。兩人把手槍插進後腰褲頭，拉長外套遮蓋槍柄。

那黑人臨下車前，鄭重警告我：「你膽敢作怪，我就一彈射爆你的頭。」

「遵命。」我倒有興趣看看他們如何在光天化日、眾目睽睽之下搜人、搜車，而且偌大一輛密斗貨車，雜物想必不少，他們如何在車廂裏尋找「失物」？

不過，最重要的是，「失物」根本不在車上，哈哈！他們瞎忙一頓的失望表情，一定很有趣。

兩人跳下小貨車，並肩而行，朝李察等追風者走去，他們打算先搜人，再搜車。

就在他們走到密斗貨車後面時，兩輛警車忽地分左右包抄馳至，三名警員，左二右一的，以打開的車門作掩護，各自亮出長槍、短槍，把「黑白雙賊」圍在中間。

「高舉雙手！讓我看見你們的雙手！」

反舌鳥「呼」的一飛沖天，遠離人間是非。

槍戰一觸即發，追風者及其他路人紛紛狼狽走避。行人道上遺下一隻左腳的紅色高跟鞋，以及兩杯打翻了的黑咖啡。

「什麼事？警察先生，是否誤會？我們什麼也沒作……」那黑人裝出一臉無辜。

「我是本鎮的副警長，你們被捕了！」

「我們沒犯法啊！」

「你們涉嫌打傷馬田先生，有鄰居目擊你們開走馬田先生的跑車，現在你們又開另一輛不屬於你們的小貨車。」

副警長顯然較查理警長幹練，此案一了，查理警長應該提早退休，退位讓賢。

「借用別人的車子，不算犯法。」

「趴低！別動！跟我們到警署再作解釋。」

那一直默不作聲的白人，突然破口大罵：「我堂堂洛杉磯街頭霸王，若給你們這班一腳牛屎的鄉下警察拘捕，將來，有何顏面行走江湖呀？」他同時伸手往背後拔槍。

「不可，佛烈，不可……」那黑人連聲喝止。

「別動！高舉雙手！」

我大為詫異。一枝Colt Combat Commander手槍、一枝Remington霰彈槍、一枝M16步槍，警察的火力佔絕對優勢，那叫佛烈的白人白癡，竟敢打算反抗，就憑他們兩枝Glock17手槍？這種不智，簡直等同自殺。但，那白癡不僅打算，更是實行。

他拔出手槍。

「呯……」槍聲四起，子彈橫飛。

警車中彈，密斗貨車中彈，白人佛烈中彈，那黑人也中彈。佛烈倒在地上，那黑人流着血的逃回小貨車，撲進車廂後座。

我弄開手銬，幸災樂禍地問：「你想拿我作人質嗎？」

「我叫……拜恩……」

「嗨，拜恩，你的氣色很差，要不要我贈你兩句，指點迷津？」

「我是……FBI……探員，執行臥底……任務，行動檔號……LA23915TU。請你…… 救我逃離現場……」

「嗄？」

＊　＊　＊

那中槍流血的黑人賊匪竟自稱是FBI臥底探員，向我求援。我大吃一驚，不敢相信自己的耳朵。

但，他確實如此說，我沒一個字聽錯。但，他極可能是走投無路，撒謊脫身。

警員兵分兩路，一人拘捕佛烈，兩人分左右逼近小貨車。

「請你…… 幫我，我沒說謊……」他一臉誠懇。

該相信他嗎？

電光火石之間，不容我三思而後行，一個意念閃過腦海，我一按前座椅背，閃身鑽進駕駛座，一氣呵成的啟動引擎，鬆開手掣，轉換「後檔」，踩盡油門。

小貨車「軋」的全速退後，橫越車道，「嘭」的撞開兩輛在後面橫泊的汽車，擠開一個空隙，退上行人道，擦過一株胡桃樹，衝出馬路，弄致一輛淺灰色的七人車因緊急煞停而失控打圈越過對面行車線掃翻街角的紅郵筒。

警員舉槍射擊，我的頭一低，伏在副駕駛座上，順勢回身抓起那黑人的手槍。

「呯——」擋風玻璃中彈破碎，碎玻璃灑落前座車廂。

「呯——」車頭中彈，車身震顫。

我舉槍向天浪射兩彈，阻嚇兩名警員進逼，再抬頭瞄準他們腳前一公尺之處，連放三槍，逼使他們躲到爛車之後。乘着這個空檔，我轉換「前檔」，扭軚修正行車方向，踩油之前，多放兩槍，分別射破兩輛警車的輪胎，才全速向北疾馳。

「啪……」車尾接連中彈，都射在車斗之上，對於我或那自稱拜恩探員的黑人，無損分毫。

沒擋風玻璃阻隔，迎頭風把我的頭髮吹亂，像個超級撒亞人。

我選擇幫助他，只為不怕一萬，最怕萬一，他若然撒謊，我隨時把他押回警署，萬一他沒撒謊，我又讓他被捕，引致臥底任務泡湯，可能後果嚴重，所以，我被迫出手。

我一出手，就不能抽身，唉！儘快返港的計劃肯定泡湯了！

*　　　*　　　*

半小時後，我跑進彼得的睡房，先替彼得鬆綁。

「啊！劉德華，你回來救我們，太好了！那兩個賊匪呢？他們可有騷擾李察？」彼得重獲自由，連忙替達叔鬆綁。

「他們在麥當勞餐廳外面，遇上警察，雙方駁火，三名警察慘遭槍殺。」我接着替查理警長鬆綁。

「天呀！」查理警長大為震驚，當場呆住了。

「全鎮共四名警員，包括查理警長，他們都是好人。」彼得黯然神傷。

「至少這兒還有一個。」我暗中點了查理警長的昏睡穴，驟眼看來，他像是驚聞噩耗，抵受不住，即時昏倒。

「那兩個壞人想必已逃之夭夭。」達叔搓揉手腳，被綁超過一小時，手麻腳痺，在所難免。

「不，他們在追風者的身上、車上都找不到鑽石，白跑一趟，揚言回農莊找你晦氣。我搶先一步，開走彼得的小貨車，趕回來報訊。」

「糟糕！我要逃啦！」達叔臉色大變，倉皇跑出彼得的睡房，忙亂之間，踢跌一張椅子。

「達叔，你要去哪？查理警長昏倒，我們不能撇下他……」

我豎起食指放於唇邊，示意彼得噤聲，然後打個手勢，着他一同跟蹤達叔。彼得滿臉疑竇的，與我尾隨達叔，離開大宅，跑下石級，繞過穀倉，越過泥地，走進廄房。

「他要逃，為什麼不開車？他摸進廄房，想騎馬麼？」彼得壓低嗓門。

「快揭盅了。來，我們一起尋寶。」

我們躡手躡腳地走進廄房，聽見左側的馬棚傳出急速的掘地聲音，謎底呼之欲出了。

「難以置信，他是個老實人……」彼得沮喪非常。

「且聽他如何解釋。也許，他一時不慎，受貪念蒙蔽；也許，這才是他的本性。」

「我不敢相信這是真的……」

我們循聲過去，果然不出所料，達叔蹲在廄房西北牆角，用小刀匆匆忙忙的在泥地裏掘出一個帆布包裹，當他察覺我們站在身後時，已來不及收起小刀和布包。他從地上跳起，轉身，驚惶之餘，眼神流露出一絲殺意。我不讓他有機會一錯再錯用刀攻擊彼得，左手一彈，右手一拂，同時擊中他的兩腕，小刀和布包雙雙墜地，我踢出左腳，足尖把布包挑起，抬手接着，打開。在昏暗的馬棚角落，包內之物，閃爍璀璨光芒。

一共四顆大如高爾夫球的鑽石！

「達叔！你怎會如此貪心？」

「彼得，你不要怪我，我勞碌半生，在農莊裏任勞任怨，過幾年便退休了，依然身無分文，光棍一條。今天遇上天降橫財，拒絕不要，我會終生後悔呢！」

「若被那兩個賊匪找到你，你到時後悔恐怕太遲了。」彼得指着馬棚外面，「你快走！」

達叔多望一眼我手上的鑽石，垂着頭，慢慢踱出馬棚。

彼得慨歎一聲，悵然問：「你怎猜到是他？」

「他前言不對後語，說話頗多漏洞。」我包起鑽石，折返大宅，「第一，從穀倉門外望進去，線視受阻，根本看不見那輛車子，達叔說沒進過穀倉，卻又告訴你車子擱在乾草堆上，無疑是自打嘴巴。第二，起初達叔並沒提及屋頂不穩，後來黑白兩賊來到，你查問達叔有沒有進過穀倉，他大概猜到黑白兩賊是車主，便強調屋頂不穩，阻延車主進去。第三，從薯仔的傷勢也看出端倪，牠顯然掙扎了一段時間，鐵線愈纏愈緊，才陷入皮肉。達叔沒即時去解救薯仔，為什麼？答案顯而易見，他在穀倉，發現鑽石，忙着拿鑽石到馬棚去收藏，因此分身不暇，沒時間解救薯仔。」

「哼！財迷心竅，他竟如此無情，任由薯仔受傷而不顧。劉德華，你見微知著，舉一反三，厲害！為何你沒一早識破他？」

「那黑人當時用槍指着我的頭，識破達叔等於幫助他，我當然不作聲啦！」

我們回到大宅。

「這些鑽石，該如何處置？」

我一逕走進客廳，道：「物歸原主。」

「我被你弄糊塗了，什麼…… 原主？」彼得跟着進來，赫然看見那黑人拜恩坐在沙發上喝啤酒，「他，他是壞人，槍殺警員……」

脫去外套的拜恩穿着貼身短袖T恤，露出整條右臂的紋身，是一柄彎刀，手背的眼鏡蛇頭是刀柄，刀身紋在前臂上，刀尖滴着鮮血，構圖相當暴戾。

「鎮定！」我把那包鑽石擲還拜恩，「他叫拜恩，他沒殺警，我旨在試探達叔才這樣說。另外，我有理由相信他不是壞人，但那理由暫時不方便說。總之，你要相信我。」

十五分鐘前，我把拜恩扶進彼得的家，馬上用固網電話聯絡香港基地的露絲，露絲很快查出FBI的確有一份行動檔案LA23915TU，執行探員的確叫拜恩，儘管那是最高級別的機密檔案，露絲讀不到任何內容，但初步資料已足夠支持我相信他是FBI的臥底探員。

拜恩貼身穿着避彈衣，身中幾槍，都不致命，只在胸和背留下大片青瘀。他的左臂和左腿則被霰彈射中，流了不少血。在車上，他沒頭沒尾、含含糊糊的告訴我任務內容，再三強調已到最後關頭，若不能把鑽石運往洛杉磯，會功敗垂成。

在彼得家裏，我找到急救箱，草草為拜恩療傷後，囑他躲起來，便去試探達叔，結果，一試現形。

「Okay，劉德華，雖然我們今天才相識，但我覺得你為人正派，所以，我相信你。」彼得雙手叉腰，「拜恩，請携同你的東西，速速離開我的家，我當作從沒見過你。」

「非常感激兩位，告辭。」拜恩勉強站起身，經過我身旁時，點頭道：「原來你叫劉德華，名字跟那演《醉拳》的明星一樣。」

「演《醉拳》的是成龍。」

「成龍，我知道，他演《醉拳》一和二，演《醉拳》三的是劉德華。這三齣功夫片，我都在唐人街看過，我自幼是功夫迷。」

「有三齣醉拳這麼多嗎……」我搔頭。

「嗚……」屋外傳來警笛鳴聲。

我們馬上靠近窗門，掀開窗簾一角，窺視屋外狀況。

兩輛警車居前，十多輛汽車隨後，包括一輛電視台的新聞採訪車，全都以高速駛近。警車首先抵達農莊，副警長下車，扛着M16步槍。看來，他更換輪胎後，召集鎮民相助，追蹤到來。

那輛採訪車本來專程報道龍捲風新聞，適逢警匪槍戰，新聞觸覺敏銳的記者當然不會錯過。

德州是美國西部牛仔的發源地，時至今日，依然戶戶有槍，人人懂得開槍。如今對方人多槍多，拜恩要脫身，難上加難了。

「怎辦？」拜恩面露懼色。

「彼得，拿枝沒上彈的手槍給他。」我解開查理警長的穴道，把他塞給拜恩，「拿他作人質，拖延一下，再謀脫身之計。」

「明白。」拜恩接過彼得的左輪手槍，揪住查理警長的衣領。

查理警長剛甦醒過來，渾渾噩噩的被拜恩押到大門前面。

警員與鎮民持槍齊集小山坡之下，準備進攻。

拜恩用手槍指着查理警長的頭，高聲喝道：「我有人質在手！退後，退後，全部退出農莊！有誰踏入農莊一步，我先殺死人質！」

「冷靜，冷靜，不要傷害警長，萬事有商量。」副警長停步，止住眾人，一同退下小山坡，但仍指揮警員和鎮民四下包圍，不容拜恩有路逃走。

拜恩把查理警長拖返客廳，我連忙關上大門。拜恩把手槍還給彼得，彼得隨手把它放在茶几上。

「誰可告訴我發生什麼事？」查理警長昏睡太久，依然頭昏腦脹。

此時，電力恢復，彼得開啟電視，即見特別新聞報道，報道小鎮警長被槍手脅持，警員及鎮民包圍農莊，因道路破壞，州警乘直升機趕赴現場增援。

事情鬧大了，頭痛。

電視台接着報道較早前麥當勞餐廳門外的警匪槍戰，訪問李察等多名目擊者，並證實頭部中槍的賊匪，名叫佛烈，是個積犯，屬於洛杉磯一個黑幫的成員，又登出兩幅在逃疑匪的拼圖，一名黑人，一名黃種人。幸虧拼圖並不似我，不過，我在美國致電露絲翻查FBI檔案，早晚瞞不過R，到時不知如何對她解釋。頭更痛。

「彼得，有Panadol嗎？」

「劉德華，他們都是黑幫分子，而你剛才有份開槍攻擊警員。你最好解釋一下，說服我幫助你們是沒錯的。」他還是打開抽屜，拿出一瓶Panadol給我。

「對，我雖然略為超重，但好歹是個警長，不明不白的淪為人質，你們該對我有所交代。」

「由我來解釋吧！」拜恩咬一下嘴唇。

事情的變化又快又離奇，大家屏息以待。

我擰開藥瓶，取了一粒Panadol，咬碎吞下。

「鈴……」客廳的電話打破寂靜，如沒猜錯，是警方來電談判。

拜恩還在遲疑該不該接聽，查理警長已一把拿起話筒，應道：「喂，我是查理警長……對……對……我沒事。我正忙着，跟匪徒談判，你十五分鐘後來電吧！拜拜。」掛線後，他摸摸八字鬍，掃我們一眼，道：「我好歹是個警長。」

「唔，我是FBI探員。事情是這樣的：三年前，我接受任務，花了九個月，成功混入洛杉磯一個黑幫。」拜恩開始交代，我們靜心聆聽。

「那黑幫的背後是個龐大的地下組織，組織的歷史悠久，可遠溯南北戰爭前的三K黨，成員人數眾多，滲透各行各業，可能你所認識的朋友、不認識的政治人物、銀行高層、超市收銀員，都是組織成員。組織成員大致劃分為四類，除黑幫外，還有軍政界、商界、科技界，四大界別一直獨立運作，進行種種不法勾當。估計北美百分之五十的罪案，都可算到那組織頭上，而布包的四顆鑽石，象徵四大界別。每當領袖更替，四顆鑽石送到洛杉磯總壇，四大界別的頭領便帶同最新的成員名單，象徵式的呈交新領袖過目，以示効忠。這是一個千載難逢的機會，讓我取得成員名單，徹底剷除那地下組織。」

「嘩！不可思議……」彼得聽得入神。

「任務非常艱巨啊！」查理警長拍拍大腿，「這樣吧！我通知副警長，假裝拘捕你，然後半路讓你逃脫。」

「不行。」彼得緩緩搖頭，「外面有新聞記者，州警即將接手，人多口雜，萬一走漏風聲，拜恩探員的身分曝光，他便前功盡廢。」

我補充道：「而且，道路和橋樑都被風吹毀，拜恩探員無路可逃，即使副警長合作，放他一馬……」

「有馬便可以……」彼得道。

「達……」直升機的馬達聲打斷彼得的話。

我們再靠近窗門窺看，兩架運輸直升機飛臨農莊，徐徐降落空地，送來兩隊特警，人人全部武裝，個個虎背熊腰，盡是警察精英。

「這個陣勢，他們多半強攻呢！」查理警長用手肘碰碰身旁的拜恩，「你好自為之啊！」

拜恩愁眉深鎖，不知如何應對。

「對啦，你剛才說什麼馬？」我問彼得。

「騎馬走山路，可以繞過道路、橋樑。」

「好計，彼得最熟識附近一帶的山路。」查理警長豎起大拇指，「有他帶路，萬無一失。」

「我們何時出發？」拜恩登時轉愁為喜。

「入黑之後，我帶你們從後門偷進廄房取馬，一人一騎，摸黑離開小鎮。」

「到時，我配合你們。」查理警長拾起茶几上的左輪手槍，「我在前門開幾槍，分散特警的注意……」

「鈴……」電話再響。

「喂，我是查理警長…… 談判膠着，暫時沒結果…… 多給我兩、三小時，入黑之前，我有信心勸服匪徒投降…… 強攻？萬萬不可！你叫特警想也不要想。一來，人質沒即時危險；二來，你可知道，匪徒火力強勁，有AK47，大量子彈，還有一些手榴彈…… 總之不要輕舉妄動…… 相信我…… 對…… 好，一言為定。」

查理警長掛線後，朝我們眨眨左眼。

「情況如何？他們會進攻嗎？」拜恩焦急地問。

查理警長把話筒放回機座上，答道：「我叫副警長建議特警不要進攻，這樣，拖延兩、三小時，熬至入黑，讓你們有時間逃走。」

「凡事總有好壞兩面，入黑，既方便逃走，也方便進攻，而且，特警所受的訓練有別於一般警察，他們有另一套想法和判斷，不一定聽從副警長的建議。」我打開牆角雜物架上的工具箱，「所以，我們要作兩手準備。」

「現在，我們有什麼可以作的？」彼得問。

「你和查理警長一組，負責樓上，我和拜恩一組，負責樓下，把所有窗簾布釘牢在窗框之上。」

「窗簾布是新買的……」彼得拉長臉孔，「沒其他策略嗎？」

「攻堅之前，特警需要觀察和掌握現場環境，進行部署，例如人質的數目和位置、匪徒的數目和位置、特警的進入位置等。我們遮擋窗門，可以阻礙他們觀察。另外，他們執行dynamic entry，一般限時三十秒完成，包括擊斃匪徒和保護人質，所採用的戰術主要有三：speed、surprise、confusion，突如其來的強光、閃光、爆炸、濃煙、催淚氣等，足以令我們混亂三十秒，柔韌的窗簾布能把破窗而至的震眩彈、催淚彈、煙霧彈，反彈到屋外。」我最後瞧一眼查理警長，「我說得對吧？警長。」

「完全正確，彼得，你要犧牲窗簾布了。」

「那就無可避免了。」彼得取了鎚子和鐵釘，「我和警長負責樓上吧！」

「你好像很熟識特警的戰術。」拜恩也拿起鎚子。

「我嗎？看電影學的，你喜歡功夫片，我喜歡警匪片。」

「鈴……」

查理警長剛踏上樓梯，聽聞電話鈴聲，便退下來接聽：「喂，我是查理警長……你是……特警隊長，找匪徒談……」查理警長以眼神詢問我們：誰聽這通電話？

彼得、拜恩面面相覷。

我取過查理警長手上的話筒，放眼周遭，別無合用之物，唯有抓起一塊搭在雜物架上的抹布，裹着話筒，強忍抹布的異味，用低沉的喉音應道：「喂，有什麼事呀？快說。」

「我是特警隊長，你怎稱呼？」

「想知道我是誰？你自己調查吧！」

「你們有什麼要求？贖金？汽車？」

「都不要。」

「那，你們到底要什麼？動用AK47和手榴彈打劫農莊，太出人意表吧！」

「我們的目標當然不是這個農莊，我們路過而已。」

「既然與農莊無關，你怎樣才肯釋放農莊主人和警長？」

「交換吧！」

「交換什麼？」

「那幾個追風者。」

「你要他們作甚？」

「與你無關，安排好，再來電。」我掛線，甩開抹布，大力呼吸相對較為「清新」的空氣。

站在樓梯上的彼得有點不滿，說道：「你何必把追風者牽涉入內，令李察惹上麻煩。」

「我旨在分散警方注意，增添他們的工作量。餘下的兩個鐘頭，警方不得不調派人手盤問那些追風者，以及調查他們的背景，卻勞而無功，一無所獲。」我用指頭撥開少許窗簾，目送一輛警車駛向小鎮，「清者自清，李察不會有事的。」

「不錯，人質沒即時危險，加上發現新線索，他們會先搞清楚追風者的問題。好一個緩兵之計！」查理警長拍拍肚子，「大家都餓了，我去弄一些簡單的三文治。」

「廚房有大量食材，你隨便取用。」彼得繼續走上二樓，「樓上的窗簾交給我吧！」

樓下的，則由我負責。拜恩畢竟手腳受傷，行動不便，我讓他躺下休息，養足精神，今晚騎馬逃亡，需要體力。我一邊釘牢窗簾，一邊留意屋外情況。特警兩人一組的在東南西北四角部署狙擊點，正用望遠鏡監視農莊。我們封擋所有窗門，阻礙他們監視，他們一定又失望又生氣。

搞妥樓下的窗簾後，彼得也從二樓下來，湊巧查理警長亦弄好三文治，在廚房裏喊道：「開餐啦！各位。」

我放好工具，洗淨雙手，走進廚房，一看餐桌，稍微嚇了一跳，查理警長炮製的三文治，一點都不簡單，上下兩塊麪包之間，夾了芝士、煎蛋、青瓜、火腿片、蕃茄、煙肉、洋葱、香腸、生菜、漢堡扒等十層餡料，厚度足有三吋。換句話說，每咬一口，嘴巴要張開三吋。我自問沒這個本事，唯有把它一分為二，在中間多加兩塊麪包，變成兩份三文治。

「彼得這裏食材真多，大家嚐嚐我的廚藝，我不客氣了。」查理警長張開巨口，上下唇間的距離果然有三吋，「摺」的一口咬下，脹脹的塞滿嘴巴，他一咀嚼，肉碎、蛋屑、生菜絲、蕃茄汁等，自牙縫間、嘴角邊溢出，掉落在警察制服上，一身邋遢。

彼得和拜恩瞧着查理警長的「食相」，露出一副前車可鑑的表情，不約而同的把自己的三文治一分為二，像我的一樣。

我拿起半份三文治，吃了一口，份量和厚度雖已減半，但餡料仍多，味道太濃太雜，不好吃，充饑還可以，像查理警長一般，吃得「摺摺」有聲、津津有味，對不起，我沒相同的口感。光看查理警長這副「饞相」，可以想像任何垃圾食物，他都會大口大口的「摺摺摺……」

「靜一下……」彼得按住查理警長的肩頭，凝神貫注，「大家靜一下，聽……」

我們的牙齒立即停止運作，把食物含在口腔裏，豎高耳朵，靜心細聽。的確，微微噪音繞着大宅一圈又一圈……

什麼東西離地繞屋旋轉？大家都聽見，卻猜不出那是什麼東西。

拜恩一邊吞嚥，一邊低聲問：「那是什麼？」

「別讓我猜中……」我放下三文治，在餐桌面撿起一柄餐刀，問：「可有繩子？」

「有。」彼得快步跑出廚房，三秒鐘不夠，携回一綑麻繩，問：「合用嗎？」

「完全合適。」我拿麻繩繫緊刀柄。

查理警長把嘴裏的食物吐回碟上，緊張地問：「你幹什麼？」

「捕捉偷窺者。」我用餐巾蒙住嘴臉，接着手執餐刀和麻繩跑到大門旁邊，「拜恩，聽我指示，替我開門。」

「曉得。」拜恩抓握門把，雙眼盯着牆壁，慢慢移動，緊隨屋外那「偷窺者」的移動路線。

「彼得，取個鐵鉗放在我的腳旁，然後跟查理警長一同坐在牆角，雙手擺在背後，像被人反縛一般。」

「你要鐵鉗作什麼？」查理警長捧着肚腩，挨牆角坐下。

「將那偷窺者拆骨煎皮。」

「太殘忍了吧？噢——」查理警長打個飽嗝。

彼得打開雜物架上的工具箱，揀出鐵鉗，把它放在地板上，踢過來，隨即跳到查理警長身旁，坐下。

鐵鉗滑到我腳邊，我用腳把它踩定。

「來啦！」拜恩雙眼的焦點快移到大門。

「預備……」我握着繩子，旋動餐刀，「差不多了……開門——」

拜恩一扭門把，大力拉開大門。我一閃而出，迎面飛來的，果然是一架小型無人機，前後左右共四副螺旋槳，配備攝錄鏡頭、熱能探測器。

我對準無人機左側的螺旋槳，甩出餐刀。

「啪——」餐刀打中螺旋槳，螺旋槳迅速絞纏麻繩，我感到手上的麻繩一緊，便猛力向後扯。

無人機「咻」的被我扯進屋內，我彎腰蹲下，無人機在我頭頂掠過。拜恩舉起椅子，「嘭」的把它打下，摔落客廳的地板上。我拾起鐵鉗，手起鉗落，「劈劈啪啪」的拆掉攝錄鏡頭、螺旋槳、遙控天線。

「嘩！恭喜你，劉德華。」查理警長坐在地上拍掌，「你剛拆散價值一千美元的特警裝備。」

「那麼貴？特警的物料採購部門，肯定有人受騙。」我拋下鐵鉗，「如果在香港的鴨寮街，幾百港元便有交易。」

「鈴……」

「肯定是特警隊長打電話來追討損失。」彼得笑道。

我提起話筒，同樣隔着餐巾以低沉的聲音應道：「什麼事？」

「我是特警隊長……」

「你給我豎高耳朵，聽清楚。你再搞小動作，我就用鐵鉗拔光人質的牙齒，先拔那個胖警長的，明白嗎？」

「明白。」

「還有，我們要吃晚餐。」我用手掩着話筒，小聲問彼得：「何時天黑？」

彼得高舉雙手，左手豎直五指，右手豎直二指，即下午七時。

「我們要吃pizza，八時正送到。我警告你，不要再搞小動作。」

「明白。」

我掛線。

查理警長朝我豎起一雙拇指，笑逐顏開，道：「我最愛吃pizza。」

*　　*　　*

夜幕完全覆蓋大地，新月似鈎，夜涼如水，晚風時疾時緩，風過處，牧草高低起伏，玉米的高莖長葉前仰後跌，在欠缺色彩的夜裏，像一陣陣黑色的波濤，在滄海一樣的遼闊田野間奔流不息。

農莊的電燈全數熄滅，大宅、廄房、穀倉、農舍等各處，盡都烏燈黑火，毫無動靜。

儘管警察架起射燈，四下照射，可是大宅的門戶密閉，窗簾低垂，人在外面難以窺探，匪徒在屋內究竟有什麼舉措？人質是否安全？警察一概無從掌握。

進攻沒把握，談判又碰壁，匪徒的身分神秘、犯案動機不明，如何解決人質危機？警察一籌莫展，無從入手。他們唯有寄望晚上八時的「送餐服務」，希望這次「送餐」帶來突破，讓他們找到匪徒的漏洞，藉此救出人質。

萬眾期待的pizza在七時四十五分送進特警臨時搭建的指揮帳幕之內，相信，特警隊長隨即用無線電聯絡隊員，作出最後指示，於是，各人打起精神，各就各位，嚴陣以待，現場的氣氛開始緊張。

時針指正八時，特警隊長致電農莊，電話接通，但久久沒人接聽。他狐疑之際，大宅的正門張開一扇，人質之一的查理警長現身門後，他高舉雙手，側身步出大門，站在屋簷之下。

一時之間，現場的射燈、望遠鏡、攝影機的鏡頭、狙擊槍的準星，盡都集中於大宅正門。

氣氛更加緊張，因為大家清楚看見，一枝長槍從門隙的黑暗處伸出，指着查理警長的背部。同時，還有另一枝長槍從兩塊窗簾之間伸出，對準門前的石級。

可以想像，特警隊長此時的精神狀況是既憂且喜。他一方面擔心查理警長的安危，因為槍管之下，匪徒稍有不滿，便開槍殺人。另一方面，他竊竊暗喜，匪徒終於出錯，因為兩名匪徒暴露了位置，一個在門後，一個在窗後。機不可失，任何一個指揮官都會下令狙擊手鎖定兩個目標。

「派一個人，身上沒武器的，送食物過來。」查理警長瞇起雙眼，張開手掌，放在額前，遮擋射燈的強光。

特警隊長揚手示意，一個頭戴鋼盔、身穿防彈背心的警員，雙手捧着一盒pizza，開始步上石級。

鴉雀無聲。

吹過一陣急風，牧草亂舞，吊在廄房簷廊下的馬蹄鐵互相碰撞，發出一陣「噹噹」之聲。

在農莊外圍久候的新聞記者，絕不錯過這個難得的機會，扛起攝錄機，把鏡頭影像放至最大，遙遠捕捉警員的「送餐」過程，說不定隨時拍下突發的、震撼的場面。

才十多級普通的石級，那「送餐」警員步步為營，如臨深淵似的戒懼。在那警員背後支援的同僚無不處於作戰狀態，隨時動手。特警隊長可能已下達格殺令，指示狙擊手一眼不眨的監視那兩枝從屋內伸出來的長槍，稍有異動，馬上開火，毫不留情的把殺手擊斃。

那「送餐」警員終於走畢石級，來到查理警長跟前。查理警長指一下身後，說道：「夥計，不好意思，他們要確定你沒携武器。」

那警員聳聳雙肩，彎腰把pizza盒放在地上，站直身子除下頭盔、防彈背心，也一併放在地上，然後曲臂抬手，在原地慢慢轉身一圈，展示腰帶和腳帶的槍袋空無一物。

「可以了吧？」那警員提高聲線，向屋內的殺手喊問。

查理警長點頭，那警員俯身拿起pizza，走近查理警長。查理警長迎上前，伸手去接，就在此時——

屋內突生變故，傳出「叭噠」聲響，似是重物墜地，又似有人摔倒。

「裏面……」那警員一愕。

「啊呀！」查理警長雙手抱頭，伏在地上。

那警員果斷地打開pizza盒，從盒內取出一柄裝上滅聲器的手槍，單膝跪地，擋在查理警長身前，瞄準門隙長槍伸出的位置，上下左右正中，連放五槍。

「撇── 撇── 撇── 撇── 撇──」

長槍「啪」的丟地，同一時間，窗門中彈毀爛，狙擊手瞄準伸出另一枝長槍的窗門連續射擊，那枝長槍也丟下。

顯然，屋內兩名槍手，雙雙中彈。

屋前那警員仍不放心，再於pizza盒內摸出兩枚曳光彈，從門隙擲進屋內，屋內旋即黃光閃爍，霹靂爆響。

大批特警拔槍在手，快速湧上大宅……

*　　*　　*

特警衝入大宅後，發現屋內沒匪徒、沒人質、沒屍體、沒血漬。彈痕纍纍的門和窗旁邊的地板上，各遺下一枝古老的來福槍，槍膛內都沒上彈，其中一枝更早已失效，不能發射子彈。

客廳中央，還遺下警方早前被「擊落」的小型無人機殘骸，匪徒和彼得下落不明。

追問查理警長嗎？他說，天黑後一直被蒙眼反縛，不知匪徒幹什麼，直至匪徒告知pizza送到，才把他鬆縛，推出大門，接收pizza。

*　　*　　*

到底，我們如何脫身？辦法很簡單，「優化」查理警長的聲東擊西之計。

我最後否決讓查理警長在前門開槍，此舉，一來引致狙擊手還火，可能射傷查理警長；二來，查理警長難以自圓其說，他沒法解釋，既然有槍在手，為何不開槍射匪徒，反過來射警察？

聲東擊西是條好計，方法則要改善。我在彼得家中的地牢裏找到兩枝廢棄的舊式來福槍，把它們擱在門和窗之後，故佈疑陣，令特警產生錯覺，以為匪徒站在門和窗後面持槍監視那「送餐」警員。

當那警員走上石級後，現場的焦點全都集中於正門外面的劍拔弩張。彼得和拜恩趁機悄悄溜出後門，摸黑偷進廄房，為馬匹上鞍，並攏住馬嘴，以防牠們受驚嘶叫，引起警察注意。

至於那聲「叭噠」，發自那架無人機。我把它掛在客廳的吊扇上，然後待在後門旁邊，透過查理警長所打開的門隙，監視正門外面。等到那警員來到，準備交收pizza，我擲出餐刀，割斷麻繩，無人機墮下，發出聲響。查理警長便依計行事，扮作受驚，趴在地上，引發「槍戰」。特警開火時，我乘亂溜出後門，與彼得和拜恩會合，一同牽馬穿過玉米田，逃離農莊，策馬入林，登山遁去。

III
數秒間的生與死
逃亡中的阿Wing一行三人策馬入林，
密林中有一雙猛獸的眼睛閃亮，
那是虎？是豹？還是美洲獅？
他們怎樣才可避過
成為猛獸獵物的厄運？

月色雖淡，但仍足夠讓我們分辨遠近山嶺的輪廓。我們亮着電筒，策馬山路之上。山路於疏林之間蜿蜒展開，似有還無，若隱若現，斷斷續續，若非彼得充當嚮導，我和拜恩肯定會在山林裏迷路。

直升機的馬達聲在背後間歇響起，聲音始終距離我們老遠。相信特警失去我們的蹤迹，出動直升機搜索，可是他們低估了我們的速度，高估了空中搜索的能力，我們早已超越他們預計的搜索範圍。

蹄聲篤篤，滿山松濤，倍覺四野寂靜。

直升機的聲音愈來愈微弱，追兵追錯方向，我們沒後顧之憂。

「我們歇一會，讓馬匹喝點水。」來到一道山溪前面，彼得勒住「蘋果」的韁繩，「晚上登山，不宜急趕。」

我與拜恩相繼收韁。彼得說得有理，欲速不達，夜間視野有限，山路崎嶇不平，驅馬過急，易生意外。

彼得下馬，把「蘋果」牽到溪旁，解開牠的攏嘴皮套。「蘋果」急不及待的低頭舐飲溪水。我跨下的「芹菜」不耐煩地搖頭、噴氣、踢蹄，發出渴望喝水的身體語言。我當然遂牠所願，躍下馬背，解開攏套，也牽牠過去飲個飽。

彼得繫好「蘋果」的轡繩後，回來扶拜恩下馬，也讓「青豆」喝水。

晚間，山林溫度下降，約 10℃左右，山風挾着寒氣襲來，容易着涼，幸而彼得早有準備，携了三件防水保溫的風衣，還拿出一壺威士忌、幾包黑巧克力，分給我們。

我披上風衣，坐在溪旁石上，澆點冷水洗淨雙手，撕開一包巧克力，慢慢細嚼，沒喝酒，酒留給他們一人一口。彼得的酒量較好，拜恩有自知之明，喝了幾口，便搖手不接彼得遞回去的酒壺，畢竟還要趕路，喝醉了，耽誤腳程，反為礙事。

「看，那座山頭。」彼得提起酒壺，遙指前方，「山後便是新墨西哥州。山下有州際公路，你們可通知朋友開車往那兒接應，或者在路邊截順風車。」

拜恩拿出手機瞧瞧，失望地說：「沒訊號。」

「這個位置當然沒訊號，在山的另一面，訊號較強。」

「那山頭，挺高呢！」我不自覺地伸個懶腰。

「按現時速度，走走歇歇，五小時內，我們準可到達州際公路。」

「山頭那麼高，五小時怎翻得過？」拜恩咋舌。

「不是翻過，是穿過，山間另有路徑。」

「真虧有你，不然的話，我沒可能逃離德州。」拜恩把風衣的拉鍊拉盡，戴起連衣帽子。黑人普遍畏寒耐熱，他身上還帶着槍傷，體質虛弱，並不奇怪。

「別客氣。休息夠了，我們起行吧！」彼得收好酒壺，站起身，拍淨褲管上的沙泥，解開繫在松樹枝上的韁繩。

我扶拜恩上馬，再牽回「芹菜」，翻身跨上馬背。「芹菜」自覺邁開腳步，跟在「蘋果」和「青豆」後面。

我輕輕撫拍馬頸，以示鼓勵。

抬頭眺望那座看似遙不可及、高可不攀的山頭，黑黑壓壓、詭詭譎譎的，山中藏了什麼？有沒有危險？天曉得。

赴美之前，預計不會久留，不驚動任何人，即來即返，怎曉得如今摸黑登山，逃避警察追捕？最諷刺的是，三人星夜逃亡，一個是正直的德州農夫，一個是正義的Q版特工，一個是正牌的臥底探員，都不是賊啊！

山頭以上的天空，星光燦爛，大熊星座的北斗七星分外耀目，它們永恆不止的圍繞北極星轉動，不分密雲抑或天青，不管地上的人看見與否，總按時在同一位置出現，亙古不變。

想起彼得對《聖經・約伯記》的體會，約伯不斷訴苦抱屈，耶和華從旋風中回答約伯。祂問了約伯許多問題，令約伯啞口無言，其中一個問題是：「你能按時領出十二宮嗎？能引導北斗和隨它的眾星嗎？」

站在穹蒼底下，渺小的人類，算得上什麼呢？

中國俗語更加簡約，一句到位：人算不如天算。莫說日月星宿那麼遙遠、高深，就是日間那場短暫的龍捲風，不僅徹底改變我的「行程」，更甚的，極可能「吹散」我與R的愛情。R若知道我瞞住她飛來美國，以她的脾性，必會查明原委，到時，唉！後果不堪設想了！

愛情建基於誠信，還是那句古老的教訓說得對，就連小孩子也懂，成年人卻知易行難——說謊是不對的。

我不期然摸摸鼻子，雖沒如小木偶Pinocchio一般鼻子變長，但我的而且確說了謊，非常愚蠢呢！

「喂，劉德華，跟貼我們，不要墮後，更不要落單。」彼得在前頭喊道。

我回過神來，原來已與他們相隔五、六個馬位，遂回應道：「噢，不打緊的，路只得一條，我也看見你們，不會迷路。」口裏雖說不打緊，兩腿拍夾馬肚，示意「芹菜」加速，追上前去。

「我不是擔心你迷路，只是擔心你和芹菜的安全。」

「什麼？好端端的，何來危險？」

「牠盯上了你和芹菜。我估計，只要你與我們的距離多拉開三個馬位，牠便會放膽偷襲。至於對象是你還是芹菜？難說了。」彼得輕描淡寫地說出了當前的危險。

「嘎！那是什麼鬼東西？」拜恩大駭，高舉電筒，照射附近的樹冠、樹梢。

「不可。」彼得連忙阻止他，「請把電筒放低，牠不在樹上。」

「牠在哪兒？」我提高戒備，「牠是什麼？」

「牠伏在溪旁那叢高草下面，距離我們大約五十公尺，是某種夜間出沒的肉食動物。」

「還好，尚有大段距離。」拜恩打算用電筒照射草叢。

彼得拉低他的手臂，壓低嗓子道：「牠還沒知道自己的行藏敗露，仍處於觀望階段，你用強光刺激牠，令牠受驚，牠可能為求自保而引發殺念，如是美洲獅，兩、三秒內，牠便衝到你面前，爪牙齊下，攻擊你頸上的重要神經和血管，殺你一個措手不及。」

「那，我先下後為強，先幹掉牠吧！」拜恩拔槍。

「不行。」彼得撥轉馬頭，擋在他身前，「牠沒攻擊你，你沒即時危險，況且，我們闖入牠的地盤，牠監視我們，符合牠的本性行為。聽着，我們人在山林，就要尊重大自然，不能濫殺動物。」

「彼得說得對，你收起手槍吧！」我橫拜恩一眼，「而且，你貿然開槍，槍聲或給山上的人聽見，向警方報告，等於給予特警線索，鎖定我們的位置。」

「好吧。」拜恩口服心不服的，把槍插回後腰的褲頭，「不過，那動物若跑出來，有所企圖，我也有權為求自保而射殺牠，到時，你們不要攔阻我。」

「到時再說吧！除了開槍射牠，還有許多方法，足以使牠知難而退。」彼得拉撥韁繩，拍拍馬頸，教「蘋果」開步前行。

拜恩一面掃視那叢高草，一面誠惶誠恐地跟貼彼得背後，留在三人隊伍的中間位置，用意明顯不過，那動物不論在前面攻擊抑或從背後偷襲，首當其衝的肯定不是他。這人大概混入黑幫當臥底太久，耳濡目染，行事作風十足江湖古惑仔，貪生怕死，自私冷酷，一點都不像警察。然而，這也許是他的生存之道，在黑道上打滾，稍一不慎，流露丁點警察「氣味」，隨時喪命。

「彼得，牠何時盯上我們？」拜恩問。

「馬匹在溪旁飲水時，我無意中發現牠的行蹤。」

「奇怪，連馬匹也不察覺，動物的危機意識不是強於人類麼？」我問。

「看來，牠是典型的大自然殺手，天生擁有高超的獵殺技巧，在下風處跟蹤、埋伏，走在厚厚的松針上面，沒振動一片葉子，沒撞斷一根樹枝，不讓獵物聽到、嗅到或看到，安靜地等待機會，選擇最弱小的或落單的，從背後偷襲。」

「果然是山林古惑仔。」我回望草叢。

彼得轉身說道：「兩分鐘前，牠已離開草叢。」

「牠如今躲在哪？」拜恩反手按住槍柄。

「右邊，其中一株槲樹後面。」

「你怎知道的？」我歪起頭，左右打量那些槲樹，什麼也看不見。

「經驗加直覺。」彼得滿有自信。在這個德州野林，我這個來自石屎森林的過客，當然要信賴德州牛仔的經驗和直覺。

接下來的一段路，彼得一派氣定神閒，拜恩恰恰相反，一路毛躁不安，稍有風吹草動，便反手抓握槍柄，疑心生暗鬼，不斷自我驚嚇。他的不安像傳染病一般，也令我不期然的緊張起來，山風偶而從頸後吹來，彷彿感到野獸撲過來咬我的後頸，心緒極其不寧。

月亮已越過中天，變得較半小時前明亮，月華遍灑整座山林，草和葉的表面蒸釋出陣陣近乎透明的稀薄霧氣，氣味帶點辛辣，近處蟲鳴唧唧，遠處獸吼嘷嘷。

「乞── 超──」拜恩打個噴嚏，捏着鼻子，焦躁地問：「搞什麼鬼？這些氣體，是不是山嵐瘴氣？有沒有毒性？」

「沒毒，沒事的……」彼得慢下來，「咦？有點不尋常……」

我歎氣地問：「這趟，又來了什麼野獸？一波未平，一波又起。」

彼得沉吟道：「不，不是別的，還是那傢伙，牠仍然跟蹤我們。但，牠跟得太遠、太久，超越了牠的獵食地盤。」

「可能，牠太飢餓了，在牠眼中，這裏畢竟有六頭肥美的獵物。」我自嘲，「只要捕殺其中一頭，足夠牠飽餐一星期。」

「我才不是獵物呢！我忍無可忍了。彼得，牠究竟躲在何處？快告訴我，讓我一槍把牠變成其他動物的食物。」

「你少安毋躁，我自有辦法使牠知難而退。」彼得解下馬鞍上的皮鞭，「我們往山坡那邊。」他教「蘋果」轉右，穿出疏林，停在山坡下小片雜草蔓生的平地上。

我們跟着過去，拜恩的表情半信半疑，相信我的亦一樣。

「你們留在那邊，塞着耳朵。」彼得開始旋動皮鞭，呈逆時針方向，在頭頂「唬唬」的旋了一圈、兩圈、三圈。

這時候賣弄鞭法？時間和場合都不合適，例如，還沒燃點幾根蠟燭，讓他一一打熄。

我和拜恩不知他到底作什麼，唯有乖乖合作，用指頭塞着耳孔，聽他的話，總該利多於弊。

當皮鞭旋了第五圈後，彼得突然手腕一抖，把皮鞭反方向揮出——

「Boom—— 啪——」鞭梢產生音爆，凌空發出巨響。

即使塞着耳孔，我仍感到音爆的震懾。就在此時，一頭受驚的動物於草叢裏竄出，跳到山坡的凸出岩塊上面，跟我們相距不足十米。我和拜恩不約而同的用電筒照射過去，但見那頭動物一身棕白相間的斑紋，有幾分似虎，又有幾分似豹，正張開闊嘴，作出無聲的咆哮，露出四顆長長的尖牙，兩耳向後緊貼側額，展現一張窮兇極惡的嘴臉。在電筒光線直射下，牠的一雙黃眼睛逐漸收縮，最後瞳孔只剩兩條小縫。

「可惡！」拜恩反手摸向後腰。

他要拔槍。

「不要。」我扣住他的手腕，順勢把他的手臂扳在背後，「彼得或有後着。」

「放手……」他大力掙扎。

「沒錯，且看我的！」彼得用腳跟反踢馬後腿，「蘋果」長嘶一聲，後蹄撐地，人立而起，一雙前蹄朝天猛踢。彼得左手抓牢韁繩，右手甩出長鞭，鞭梢在那非虎非豹的畜牲眼前三米之處，再爆發一個霹靂巨響。

那畜牲嗥吼怪叫，弓背彈起，渾身筋肉猛然收緊，現出十八把尖刀似的利爪，前腳五把，後腳四把，擺好戰鬥架勢，殺氣騰騰的，勢將從石上撲下來大開殺戒。

面對惡獸，「青豆」和「芹菜」慌張起來，不住亂踢亂踏。

「快放手！你瞎了眼麼？牠不怕皮鞭。牠要攻擊啦！你想死，不要找我陪葬。」拜恩破口大罵。

情勢危急，我唯有放開他，他自衛殺獸，無可厚非。拜恩隨即拔出手槍，奈何坐騎慌亂，馬擺人搖，他沒法瞄準。

那畜牲齜牙咧嘴，目露凶光。

拜恩只顧設法射殺眼前的猛獸，冷不提防彼得的長鞭從旁「颼」的捲至，「啪」一聲擊中他的手腕。鞭勢不減，一放一收，竟把他的手槍捲去。

「啊呀！」失去唯一的武器，拜恩變得坐以待斃，登時不知所措。

我掄起「蛇形刁手」，縱沒把握，那畜牲若然進襲，我便以刁手破獸爪，以快打快，攻牠雙目，奮力一戰，尚有一線生機。

然而，出乎意料，那畜牲踏前一步，前爪抵地，翹高屁股，蓄勢待發，卻沒躍下，反而一個轉身，滾地後躍，撲進另一邊的草叢之中，落荒而逃。

看時，長草左右分開，那畜牲在長草叢裏沒命的竄逃，愈逃愈遠。

我不禁問：「牠怎麼一回事？」

牠若攻下來，我們血肉之軀，沒刀沒槍，赤手空拳對抗牠的尖牙利爪，輕則遭受皮肉之傷，重則命喪爪牙之下。牠佔盡優勢，何以不戰而逃？

旁邊的拜恩驚魂未定，繃緊的身體久久不能放鬆。

彼得收起長鞭，說道：「那隻是山貓，虎豹雜交所生的混種，習慣晝伏夜出，生性躲躲閃閃，捨難取易，詭詐狡猾。牠早被皮鞭的音爆震懾，仍作勢向前進攻，旨在阻嚇追兵，所以你沒必要開槍殺牠。拜恩探員，我一時情急，揮鞭捲去你的手槍，請你原諒，可沒弄傷你吧？」

「沒關係……」拜恩慢慢回過神來，搓揉手腕，臉色陰晴不定。剛才的駭人經歷，我亦覺心驚肉跳，生或死僅是短短數秒的轉變，心理質素稍弱也承受不來，何況生或死，自己都沒法掌握，在於那山貓的一念之差，牠若沒給皮鞭的音爆嚇跑，執意獵殺，我們不可能毫無損傷的全身而退。

彼得全沒懼色，揮鞭以前看似胸有成竹。我問他：

「老實說，剛才你有多少把握，那山貓會給皮鞭嚇跑？」

「幾乎十足把握。我們長居田野，不時有山貓、土狼、狐狸偷進來叼雞咬羊，只消一甩皮鞭，牠們便挾着尾巴逃走，萬試萬靈。」

「想不到。」

「我的手槍呢？」拜恩拿電筒四下照射雜草。

「落點應該在附近。」彼得前後擺動手臂，模擬揮鞭捲槍的動作，「不錯，就在你照射之處。」

「但，不見啊！」

「算了吧！剛才情況混亂，野草又長又密，手槍弄丟了，絕不出奇。」我也拿電筒隨便照照，「區區一柄手槍，遺失了也不算可惜。」

「萬一再遇猛獸……」

「有神鞭大俠同行，就不怕猛獸了。」我哈哈一笑，「我們起行吧！」

彼得點頭微笑，並不答腔，把皮鞭掛回馬鞍上，拍馬折返疏林。

鑑貌辨色，我懷疑彼得討厭拜恩動輒拔槍，故意弄丟他的手槍。事實是否這樣？我不會求證，因為我也不滿拜恩把文明人的野蠻行為帶進大自然。

同樣鑑貌辨色，拜恩似有相同的懷疑，但他不會抗議，因為他有求於彼得，他裝作若無其事的，繼續佔據隊伍中間的安全位置，跟貼彼得。不過，他的眼神出賣了他，看得出，彼得捲走他的手槍，他耿耿於懷，沒槍在手，他失去安全感。

我愈來愈不喜歡這人，若非看在FBI份上，我不會幫助他。稍後離開山林，到達州際公路，就各走各路，永不相見。

*　　*　　*

嚇跑山貓之後，大概走了兩小時，一路平安，彼得領我們在山腰位置找到一個隱蔽的裂隙。裂隙僅容一人一騎通過。彼得從馬鞍下抽出開山刀，砍斷擋路的蔓藤，在前頭開路。原來他還有一把開刀山，長鞭無效，也可用來斬劈山貓，怪不得剛才把握十足。

由於通道狹窄，我在後面也幫不上忙，心裏有點過意不去，幸而裂隙不長，約六、七十米之後，我們穿過一個古老的地洞口，走進一條花崗石隧道，再走一會，兩壁愈分愈開，然後隧道豁然開朗，我們進入一個像原始大教堂般的石窟。石窟岩壁拔地而起，高逾百米，壁上的岩架恍似歌劇院的懸空廂座，又似錯層式的半圓壁龕，岩壁到處繪着各種動物、植物的圖案，以及捕獵、栽種的壁畫，可惜石面斑駁剝落，侵蝕相當嚴重。

置身這座偉大的「建築物」內，我和拜恩都看得目瞪口呆，歎為觀止。

「這兒是天然的？還是人工斧鑿而成的？」我嘖嘖稱奇。

「部分屬於天然，部分是印第安土著後天加工改建，闢作部族聖地，埋葬歷代酋長的骸骨。」

「聖地？會不會有金銀珠寶之類的陪葬品？」拜恩又流露他的貪婪本色。

「陪葬品？我不知道啊！你有興趣和時間，可以到處找找，運氣好的話，或有意外收穫。」彼得語帶嘲諷。

拜恩脫身要緊，縱有興趣，也沒時間，被彼得搶白一句，答不上口，只好閉上嘴巴。

我們馬不停蹄，穿過石窟，進入另一端的隧道。

「你怎知道這個地方？」我的好奇不減。

「我從前有一位中學同窗，他是印第安人。昔日在校時，他曾帶我們幾個死黨來這裏探險。那是很多年前的事了。如今，大家各散東西，他們或已遺忘這地，而且，印第安人大都融入社會，什麼部族聖地、傳統文化，早已不彈此調。」彼得悵然。

相處了一段時間，我覺得彼得是個保守派，熱愛鄉土，尊重傳統，抗拒鄉郊地區過度或急速都市化。這種人通常以家庭為重，她若接受他，讓他照顧，一定得到幸福，我可以放心。

餘下的通道，高高低低，彎彎曲曲，時寬時窄，岩壁上偶有塗鴉，已見怪不怪，只覺千篇一律，無甚可觀，不見驚喜。畢竟我並非考古專家，對印第安文化不感興趣。

通道只得一個方向，我們信馬而行，各懷心事，默默前進，唯一共通之處，就是盼望看見出口。

*　　　*　　　*

穿出「秘道」，走到山的另一邊，仍是星輝滿天，草木茂盛，景物跟進入「秘道」前相差無幾。當然，光看自然景物，山南山北，分別不大。若加上人工智能，就大有分別了。他們的手機收到一格訊息。由於我使用不同的網絡，一格訊號也沒有。他們各自致電友人，安排接應，相約在山下的州際公路會合。

一輛夜行貨車由東面駛來，向西駛去，它仍在遠處時，車頭燈僅是小小的一個光點，當它漸漸駛近，光點由小而大，再一分為二，一雙明晃晃的車頭燈剖開籠罩公路的夜幕，在腳下眼前呼嘯而過，漸漸去遠，又變成小小的一個光點，最終淹沒在夜幕下。

走在人生路上，誰都是過客，來也匆匆，去也匆匆，今晚我與彼得、拜恩登山入林，明早就各奔前程，相信有生之年，也不復相見。時光流逝，若干年後，記憶淡忘，我在他們眾多經歷中，可能僅是一個無名無姓、面目模糊的過客。

「你用我的手提電話吧！」彼得把手機遞過來。

「免了，日後警方追查你的電話紀錄，發現一個屬於我的通話紀錄，只會增添你的麻煩。」我婉拒了。其實，我也不知該打電話給誰。

「說的也是。」彼得把手機放回衣袋裏。

「待會你們離去後，我才報警，依照查理警長擬定的口供，說你們用槍脅迫我帶路，登山逃走。」

「對，就這樣說吧！」拜恩轉過來，喜形於色，「聯絡妥當，我們趕快下山。」說罷，竟一馬當先，望山下直走。

彼得笑了笑，拍馬隨後，經過一列矮樹時，他俯身在枝頭上摘了一串深藍色的野果，試吃一口，稱讚道：

「唔，好吃。」然後拋給我。我雙手接着，也試吃一顆，味道酸酸甜甜，醒腦提神。

「這是唐棣醬果，我們用來造果醬，塗多士吃，或者製成乾果，給小孩作零食。」

「天然食品，沒人工添加，健康可口，你們的生活真令人羨慕。」

「日後歡迎你隨時回來作客，到時，我請你品嚐美味的地道酒食。」

「我們或許不適合再見面。」

「噢，太可惜了！劉德華，你會是個好朋友。」

「好朋友，即使不相見，亦無損情誼，我會為你，以及你的⋯⋯家人祝福，願你們永遠幸福快樂。」

愛一個人，別無他求，只願她永遠幸福快樂。

「衷心感謝你⋯⋯」

「汽車來啦！」拜恩在接近山腳之處大吵大嚷。

山下來了一輛浮誇的流線型跑車，拜恩策馬過去。

此時，對面行車線上，一輛運載馬匹的大貨車駛至。

這宗荒謬的脅持人質兼越野逃亡，終於劃上句號，我可以功成身退。她既然在德州重過新生，我也該退回香港，回到R身旁，長相廝守。

「劉德華、彼得，拜拜──」拜恩把「青豆」拴在路旁的路牌上，便跳上跑車。

跑車「轟」的發動引擎，向西絕塵而去。

那傢伙，多謝也沒說一聲，忘恩負義！

我們隨後來到路邊，彼得把馬匹一一牽上貨車，與我握手道別後，乘貨車望東面駛去。

要跑的都跑了，剩下我孤身一人佇立空蕩蕩的州際公路旁邊。難道要截順風車嗎？

月亮已在山後沉落。

「鈴……」手機在袋中震響。

我掏出來，瞧瞧屏幕，是從香港基地的來電。

「喂。」

「阿Wing？」是R的聲音，「我們找了你很久。」她說：「我們」，不是「我」，聲音冷冷的，不帶任何情感。

「我整夜在山上，位置收不到電話訊號。」我暗叫不妙。

「FBI的高級探員布萊克在線上，他知道你翻查拜恩探員的檔案，想與你一談。」

「明白，請接過來。」我極力保持鎮定，維持得體的應對，因為收聽這通電話的，不止我和R兩人。

「布萊克探員，請說。」R道。

「阿Wing，你好！我是布萊克。客套的話不多說了，我本人直接指揮拜恩的臥底行動，大約一年前，我跟他失去聯繫，我用盡一切辦法，也得不到他的任何消息。」

「咦？事有蹺蹊…… 莫非……」我內心深處泛起一個不好的預感，遂問：「拜恩探員是黑人還是白人？」

「黑人。」

「你可有他的照片？」

「有，馬上傳給你，請稍候片刻。」

「阿莫，你也在線上嗎？」

「在。」

「你追蹤我的手機位置，以此為起點，啟動間諜衛星沿州際公路向西追尋，拜恩乘坐一輛跑車，在十至十五分鐘前離開。」

「知道。」

「咇——」圖像檔傳到，我打開一看，大吃一驚，驚叫：「不是他，我遇見的拜恩探員，並非相中人。」

「真的？那人知道機密的行動檔號，然則，拜恩探員恐怕已凶多吉少……」

「現在言之尚早，只要逮住那個假拜恩，就明白一切。對啦，拜恩探員他在調查什麼案件？」

「他混入一個走私集團，對方偷運鑽石、軍火、毒品、奶粉，諸如此類。」

該死！什麼歷史悠久的龐大地下組織，假拜恩的無稽謊話，我竟信以為真。我簡直蠢笨如豬，錯錯錯，連豬也不如！

「阿Wing，告知你一件事。」

「什麼？」

「那個叫佛烈的傢伙，三小時前傷重不治。換句話說，我們追查假拜恩的下落，唯有從你、彼得和查理警長三人入手，因為你們是最後接觸假拜恩的人。」

「彼得和查理警長也是誤信假拜恩是FBI臥底探員，才幫助他逃走，兩人根本毫不知情，你可否不追究他們？」

「唔，FBI探員追蹤到彼得的手機訊號，很快在州際公路上某處截停他。預料他的口供會跟查理警長的一樣，漏洞甚多，不盡不實。不過，我個人相信他們是無辜的，不追究倒可以，但有一個條件……」

「我答應你。」

「真爽快。」

「人是我放的，我會親手把他捉回來。」我緊握拳頭。

「諾亞探員正開車前往你的位置，為你提供一切支援。」

「Okay，我等他。」我頓了一頓，調整一下呼吸，道：「R，我多留在美國兩、三天，捉到假拜恩後，才返港交代…… 一切。」

「沒問題。辦案，小心。」她的聲音依舊冷冷的，不帶一絲感情。

緝捕假拜恩，難度不大，我信心滿滿，可是，要開導R別為此事作出災難性的抑鬱迷思，唉！難度大了！

IV
勇闖黑幫巢穴
為了查明真相，阿Wing單人匹馬直搗
黑幫巢穴，十多個紋身大漢身邊都放
着長槍短槍、大刀小刀，
像一羣嗜血的豺狼。
這一回，他要智取還是力敵？

藏污納垢、臭氣薰天的後巷，是石屎森林的「大裂縫」，讓巷中人在灰色高牆之間，仍有機會仰望藍天。

那些像蔓藤一樣的輸水管，攀緣高牆表面，因日久失修，滲漏嚴重，水滴「答答」而下，丟落後巷，與其他都市廢水同流合污，於窟窿處處的破爛路面，匯聚成窪，滋養蚊蟲，生發異味。

滲漏的輸水管與鏽蝕的走火梯，彷彿一雙寄人籬下的落泊「兄弟」，蜷縮繁華鬧市的陰暗背面，依附缺乏修葺的高廈外牆，一同度過風吹雨打，頑強支撐，不肯倒下。

外牆較低部分有些塗鴉，令我想起印第安人在山中留下的壁畫。然而，印第安人用圖畫紀錄他們日常所見的動物、植物，以及捕獵和栽種的方法。後巷的塗鴉，談不上美感，也沒實用意義，只是一堆污言穢語和扭曲人性的圖案。塗鴉的人或許是其中一個坐在走火梯上抽煙、喝酒的紋身漢子，或許全部都是。

洛杉磯的黑幫分子，以紋身來區別幫派，這幫人的右臂都紋有眼鏡蛇彎刀圖案，正是我的目標。

他們大概在我身上嗅出外人的「氣味」，我一踏足後巷，便一起盯着我，眼神有點像那頭在山間打算獵殺我們的山貓。

我再次闖入「畜牲」的地盤，可惜，沒携皮鞭。

其中一人「乞吐」的吐出大啖濁黃的口水，落在我身前不遠處，另一人把空酒瓶扔進走火梯下的垃圾桶內，不知與什麼硬物碰撞，發出一聲玻璃破裂的「兵邦」。還有一人，「卜」的亮出彈簧刀，用刀背刮磨走火梯的扶手，刮出陣陣「嚓……嚓……」

滴水「答答」、口水「乞吐」、磨刀「嚓嚓」、破瓶「兵邦」，組成洛杉磯貧民區後巷裏獨特的討厭聲音。

洛杉磯人口400萬，面積1200平方公里，規模僅次於紐約，是美國第二大城。一如其他超級大都會，在繁榮與風光的背後，洛杉磯充斥着窮人，六分一的家庭收入低於貧窮線，千瘡百孔的貧民區分佈市區各處，範圍不斷擴大，諷刺的是，在同一片藍天底下，荷里活明星、企業老闆、投資銀行總裁的千萬豪宅坐落的San Marino、South Pasadena、Bel Air等地，距離這些貧民區不足半小時車程，大家都是洛杉磯居民。

我相信，黑幫老大也在豪宅區內擁有不少物業，不過，他們的「業務」、財源仍與貧民區不可分割。

弱肉強食本是叢林規律，在這裏也完全合用，所不同的是，在山林裏，動物獵食主要因為飢餓，那頭山貓若是吃飽了，也懶得翻山越嶺的跟蹤我們。至於眼前這幫歹人，他們犯案，是因為貪婪與暴戾，跟滿足基本生計無關。

一個、兩個、三個……

總共十一人，他們的人數比我多，身上又有武器，但不等於比我強，而且我天生一副硬骨頭，想「吃」我，可不容易呢！

「嗨！迷路嗎？」

「他可能想去環球影城呀！」

「喂，遊客，我可以教你怎樣去環球影城，你有地圖嗎？拿過來，我指示你路徑。過來吧，我不會咬你的。哈哈……」

「別去那些虛偽的觀光點，這裏才是真正的洛杉磯。」

「你不該進來的。朋友，想轉身逃回大街？可惜，太遲了。」

「讓他走吧！我們要日行一善。」

「哈哈，我們不殺死他，也算行善積德。」

「走，沒問題，總得把錢包、手錶、手機留下。你若全身而退，我們會丟臉的，會被同業恥笑。行走江湖，面子最重要。」

「你自己放下財物吧！勞煩我們其中一個動手並非好事，我們這種人好吃懶做，脾氣暴躁，隨時捅你一刀。」

「捅一刀，不足以致命……」

「你們說夠了吧？」我瞧着自己的鞋尖，不把他們放在眼內。

「呵，大家聽見沒有？這傢伙若不是有自殺傾向，就是個白癡。」那手持彈簧刀的，從走火梯跳下，十七、八歲，墨西哥裔的黃毛小子，一臉稚氣的裝腔作勢。

「今日，你若保住性命，沒斷手斷腳，明日便要好好上學，重新做人。」

「媽的！」他揮動彈簧刀，「好大口氣呀！」

只是虛招，我無需郁動。

「你跪地求饒吧！」他踏前一步，再揮刀，刀鋒在我眼前晃過，仍是虛招。我依舊垂手而立，他見我不為所動，兩眼冒火，一咬牙，把刀子從左手拋交右手，握着，直刺我的胸口。我向左橫移半步，側身避過刀刺，左拳順勢擊出，結結實實的打在他的右臉頰上。

他中拳即倒，不堪一擊。空手入白刃，一招制勝，出乎眾人所料，一眾無賴無不訝異。

好戲還在後頭，我用鞋尖把丟在地上的彈簧刀挑起，於胸前，右中指一彈刀柄，彈簧刀「咻」的向上斜飛，劃破那吐口水漢子的右臉，去勢不減，「噗」的插進石牆之中。

「你再亂吐口水，不講衛生，下一趟，我割掉你的舌頭。」

那漢子受驚過度，呆若木雞，忘了喊痛，也不顧臉上鮮血淋漓。

「可惡！」左右兩側、走火梯上，各躍下一人。

我頭也不抬，聞風辨位，提腿左右掃踢。左邊那人，尚未着地，已給我踢翻，一頭栽進垃圾桶；右邊那人立足未穩，即被我掃跌，重重摔了一跤。

打倒兩個，又來兩個，真不知死活！

才站定，兩股殺氣從身前背後襲來，前面的是個高大黑人，朝我直衝過來，俯身張臂擒抱。我躬腰提膝，他的雙手剛觸及我的腰際，「熊抱」還沒施展，已把鼻樑送給我的右膝，登時撞至鼻骨折斷，鼻血長流。我不待招式使老，乘着黑人一撞之力，右腿借力向後反踢，正中背後那人的小腹。我隨即紮牢四平大馬，力從地起，雙掌平胸推出，印在前面那黑人的胸膛之上，掌力一吐，徹底壓過他的抵禦蠻力，把他震飛，飛進橫巷深處，撞翻一堆雜物。同時，含胸拔背，再次借力打力，把那黑人的蠻力引為己用，由身前轉到背部，撞向後面那人，感到對方的肋骨折裂，那人軟癱倒下。

「卡—— 嚓——」有人把子彈推進槍膛。

「我勸你收起手槍，不然的話，你的下場比他們更加慘烈。」我抬頭冷冷一笑，「我不是說笑的。」

那拔槍的，也是個墨西哥裔青年，他在猶疑，知道我並非虛言恫嚇。

「開槍射他，別怕！」對面有人喊叫。

「且住，讓我來。」一個更高大的黑人慢慢站起身，走到我跟前，作幾下西洋拳式的小跳步，「我若打他不過，大夥兒便一起上，開槍射，用刀刺，送他歸西。」

「大哥，加油！揍扁他！」眾人大聲打氣。

「你是他們的大哥？我勸你別試了。還沒交手，你已假設自己打我不過，先失氣勢，必輸無疑。」

「哼！少說廢話。吃我一拳——」他掄起左直拳，卻出右勾拳。

聲東擊西，雕蟲小技，我才不上當。我上步封截，入馬搶中線，一雙手刀劈出，「啪啪」兩聲，砍中他的右肘、右腕。他的右手軟弱垂下，門戶大開。我乘勝追擊，手刀下接肘擊，右肘痛擊他的下巴。他悶哼一聲，仰天而倒，我探手往下，扯脫他的右耳環，轉身當作暗器打出，打中那持槍青年的手背。

「呯——」

手槍走火，脫手，丟落梯間。

流彈射中對面走火梯上一人，那人剛才高喊「開槍射他」，如今大腿中彈，跌坐走火梯的轉角平台，哇哇慘叫。

一班烏合之眾，見打我不過，黑人大哥又受傷倒地，不敢逗留，跑得動的，都作鳥獸散，我上前揪住那黑人大哥。

「你打斷我的右手，手不能動……」他一臉惶恐，眼淚汪汪。

「我錯脫你的右臂和右腕的關節，還沒斷。」

「你想要什麼？」

「這個人。」我拿出假拜恩的拼圖，攤在他眼前，「相中人在哪？」

「我不認識這人。」

「說謊！你和他都有相同的幫派紋身。」我反轉他的右手背，觸動受傷的關節，痛得他殺豬般尖叫。

「好痛…… 他…… 在酒吧……」

「說清楚一些。」

「穿過後巷，對街，右邊第二間店鋪。」

「好，你陪我一起去，假若找不到他，我錯脫你的左臂關節。」

「不！他躲在洗衣店的地牢，對街左邊第二間店鋪。」

「那，走吧。」我揪住他的衣領，押他前行，「我們去光顧那洗衣店，反正你的衣服挺髒呢！」

他步履蹣跚，不情不願地領我穿出後巷……

假拜恩逃脫後不久，阿莫雖然啟動衛星追蹤他所乘的跑車，但最終給他溜掉。既然假拜恩的目的地是洛杉磯，我與FBI的諾亞探員會合後，便請他直接送我去洛杉磯，在途上，再與布萊克探員通電話，問明拜恩探員當臥底那黑幫的地盤所在，抵步後，直搗黃龍，即使找不到假拜恩，也想辦法迫使他現身。

原本熙來攘往的街道，一下子變成路人絕迹，汽車繞道遠離，店鋪相繼關門落閘，除了那間洗衣店，仍然「照常營業」。

若非我心裏有數，還以為宇宙怪獸侵襲地球、超級龍捲風橫掃洛杉磯，引起恐慌，人們都躲進地下室避災。

當然，我並非宇宙怪獸或龍捲風，然而，我將要作的事，可能在貧民區掀起軒然巨波，他們害怕，乃人之常情。

既然只得一道門打開，證明路徑正確，我無需嚮導，便放開那黑人大哥，叮囑他：「去唐人街找個跌打醫生替你駁回關節，可應付日常生活，但傷患已成，日後你動手打架，觸發舊患，會終身殘廢。」

「明白……」

我沒理會他，逕自推門走進洗衣店。一看，這間算是洗衣店嗎？

前舖象徵式的擺了幾台型號過時的洗衣機、乾衣機，機身鋪滿灰塵，機件多半不會轉動。

相隔一張老舊桌球枱的後舖，十多個紋身大漢，或坐或臥或站或蹲，身邊都放着長槍短槍、大刀小刀。他們看見我進來，並不錯愕，也沒動武的打算。顯然，後巷的黨羽鎩羽而返，已通風報信。

「我想找……」

「這邊，」一人打開地牢木門，「他在下面。」

我從容地在紋身大漢中間穿過，像穿過一羣豺狼，最後停在木門前面。門後是一道木板樓梯，直通地牢，地牢亮着昏黃的燈光。

會是個陷阱嗎？是陷阱又如何？這幫無賴流氓奈得

我何麼？

我拋開顧慮，步下樓梯，樓梯木板「嘎嘎」作響。

「劉德華，果然是你。」假拜恩躺在地牢中央一張牀褥之上，光着上身，雙手墊着頭，左腳架在右腿之上，一臉倦容，「我仍該叫你作劉德華嗎？」他在德州小鎮被霰彈射傷的部位已重新包紮。

牀褥旁邊地板上，散落染血的紗布、膠布、棉球，還有針筒、藥物包裝紙。地牢四周堆疊大小木箱、破舊傢俱。

「稱呼而已，叫什麼也沒所謂。」

「他們告訴我，來了一個懂功夫的中國人，我猜想一定是你。你知道否？醫生替我療傷，足足折騰了一句鐘，累死了，我才上牀不久。跑了一晚山路，你不疲累嗎？」

「前來洛杉磯途中，我在車上睡了。」

「然則，你一到埗就立即找我。」

「沒錯。」

「不妨告訴你，劉…… 德華，正常來說，你尚未踏進洗衣店，就死於亂槍之下。現在你還有命，是因為我好奇，留下活口，想你告訴我，你是誰？為什麼趕來洛杉磯找我？」

「我是誰並不重要，最重要的是，真正的拜恩探員在哪裏？被你殺了？抑或囚禁在貧民區某處？」

「我不會告訴你。」

「意料之內。」

「明知白跑一趟，你還來冒險？」

「昨天，在麥當勞餐廳門外，我幫助你逃走，唯一的考慮，萬一你是臥底探員，我就不能不幫。現在，你不是探員，我就有責任把你捉回警署。」

「哈哈……」他大聲乾笑，「咳咳……」然後咳嗽，搓着肚皮。

「好笑麼？」

「怎不好笑？就憑你一人？你雖然懂武功，但身手再快，也快不過子彈啊！」

「當然不止我一人。」

「你還有後援？」他一臉驚愕，這才警惕起來，但，太遲了。

樓上響起破門之聲，數不清的腳步踩在木地板上，在我們頭頂震落不少灰塵。

「FBI！別動！放低武器！趴在地上！」

「你……」他從牀褥跳起，想奪路而逃，當然被我攔住。我從衣袋裏掏出袖珍通訊器，在他面前晃了晃。

「你也是FBI探員？」

「我不是。」

「下面情況如何？」諾亞探員站在樓梯頂端，高聲詢問。

「一切受控，假拜恩沒路可逃，你們先拘捕舖面的黨羽，我押他上來。」

「Okay。」

「喂，劉德華，你既然不是FBI的人，可否放我一馬？」

「我不會重複犯錯。」

「我給你鑽石。」

「不希罕。」

「我帶你去找真正的拜恩探員。」

「你告訴諾亞探員吧！他樂意跟進。我急於返回香港，沒空。」

「等一等，我告訴你一個秘密。」

「又是什麼規模龐大的地下組織？嘿嘿，你省着吧，留待日後出獄，把故事賣給電影公司。」

「好，我告訴你，其實……」

「呯——」、「呯——」、「呯——」

假拜恩中彈，牀褥中彈，我幾乎中彈，幸好反應敏捷，及時躲在一張爛枱之後。地牢左側一疊木箱後面，傳來一聲「咿嘎」開門聲，接着聽見街上的人聲車聲。原來那處另有出路通往洗衣店後面的大街，我真大意，沒檢查清楚。

「什麼事？誰開槍？」諾亞探員帶領警員跑下來。

「假拜恩中槍，不能容讓殺手逃掉，追！」我小心繞過那疊木箱。

「疑犯中槍，救護員速到地牢。」諾亞探員跟在我身後，拿着通訊器呼叫。

繞到木箱背後，我們都卻步了。

前面鐵門半開，狹窄的石級直通大街，可是，假如殺手此刻躲在石級的出口旁邊，等待我們追上去，在半途開槍，我們身處裂隙一般的梯間，毫無掩護，必死無疑。

諾亞探員回頭喊道：「拿防彈盾那個，先上。」

「是。」那手執防彈盾的警員一馬當先，搶上石級。

「快！」我貼身跟在後面。

然而，面對安全未能確定，警員的訓練，謹慎第一，迅速第二，這道十秒可跑畢的石級，我們花了三十秒才到達地面。

街上熙來攘往。

「誰人是殺手？殺手跑到哪裏？」諾亞探員搔首踟

足。

為今之計，我取出手機，致電阿莫，阿莫不分日夜，總在電腦前面。

「阿莫，立即追蹤我的手機訊號。我所處的位置是一個地牢出口，大約三分鐘前，有個殺手從這兒跑出大街。你翻查附近的CCTV，看看哪一台把此人攝入鏡頭。」

「收到，沒問題。」

諾亞探員會意，馬上聯絡FBI的情報員，作出相同要求。

於是，東西半球兩組情報人員一起跟時間競賽，儘快搜尋那殺手的逃走路線，因為時間拖得越久，對方逃得愈遠，躲得愈隱秘。

一眾便裝、軍裝警員，聚在路邊，荷槍實彈的，路人和汽車司機紛紛投以奇怪的目光，更有好事之徒舉起手機拍攝我們。

我改用耳機收聽，並與諾亞探員連線，分享情報。

「長官，地牢的疑犯，傷重不治。」耳機傳來救護員的報告。

「可惡！他本來有內幕要爆，卻遭人滅口，現在唯一的線索就剩下那名殺手了。」我後悔沒盡力保住假拜恩的性命。

「有發現了，七分鐘前，這人從你們所站的位置跑出大街。」阿莫首記一功，「馬路對面的銀行CCTV拍到他，我把影像傳給你們。」

「咇——」手機收到檔案。

我開啟檔案，那是個高瘦的黑人，戴起粗框太陽眼鏡，不僅罩上風褸的帽子，還多蓋一頂棒球帽，教人沒法看清楚他的容貌。

「他往哪個方向逃走？」我張望長街兩端，但見人頭湧湧，要尋找一個特徵不詳的高瘦黑人，難如大海撈針。

「我也有發現，兩分鐘前，他走進地鐵站。」FBI情報員追成平手。

「地鐵站在下個街口……」諾亞探員待要發施號令。

「我找到他，他站在月台上，等候紅線列車，列車即將到站。」阿莫再度領先。

「該死！我們趕不及了。」諾亞探員用右拳拍打左掌，「要另想辦法。」

「阿莫，入侵地鐵的電腦網絡，待那殺手登車後，干擾路軌的訊號系統，拖慢列車的速度，讓我們有時間在地面趕往下一個車站，登車拘捕他。」

「易事一樁，我最喜歡入侵人家的電腦網絡。」

「快把車開過來！」諾亞探員向街角揮手，泊在路邊的一輛黑色七人車立即起動，並啟動閃燈和警笛。

「長官，干擾地鐵的訊號系統，屬於違規行為……」FBI情報員欲言又止。

「對，違規的事，我們不參與。」諾亞探員向我豎起拇指，「FBI情報員可以離線。」

七人車停在我們跟前，我與諾亞探員跳進車廂後座，司機旋即開車，趕往下一個地鐵站入口。

「阿Wing，那殺手已登車。我截取車廂內的CCTV

影像，傳給你們。」阿莫上網一條龍，網上的辦事效率極高，「我亦已入侵和干擾地鐵的訊號系統，列車將以慢速駛駛停停。」

「幹得好。」我啟動軟件，同步播放，那殺手獨坐一角，頭上仍戴着帽子和太陽眼鏡，由於他並沒仰臉，鏡頭角度關係，在畫面中，他的厚唇闊嘴是整張臉唯一清楚看得見的部位。

「他要打電話耶。」諾亞探員指着我的手機屏幕。

「阿莫……」

「知道了，已啟動讀唇軟件。」

警笛怒鳴，我們的車隊所經之處，其他汽車迴避讓路。紅燈，我們沒停車；十字路口，我們沒減速，沒多久，擋風玻璃前面，地鐵站在望。

「各單位預備，聽我指示行動，務要生擒。」諾亞探員下達指令。

屏幕上，那殺手掛線，幾秒後，阿莫的讀唇軟件顯示報告：「老闆—— 辦妥了—— 依足你的吩咐—— 在地牢幹掉目標── 但地牢另有一人── 他沒看見我──是── 沒關係── 也沒人跟蹤── 是── 我這就過來── 待會見──」

「待會見……」我沉吟起來，「諾亞探員，我有個新想法……」

「你的新想法，也許就是我的新計劃。」諾亞探員解下領帶、除掉西裝外套，「大家聽着，所有警車不准靠近地鐵站，所有軍裝的，或者自問貌似警察的，立即撤出地鐵站。」

果然是英雄所見，諾亞探員是個中年幹警，頭半禿，雙下巴，身形肥胖，換上休閒外套，架起平光眼鏡，拿着報紙，十足一個和靄的鄰家大叔。

*　　*　　*

在地牢裏，我沒看見那殺手的面貌，卻不能確定他也沒看見我，為安全計，我登上列車後，留在那殺手所在的後一個車卡，透過阿莫傳來的車廂CCTV同步影像，佯作玩手機，暗中監視那殺手。

那殺手的手背沒幫會紋身，我和諾亞探員交換意見後，均認同此人是個職業殺手。

職業殺手收錢殺人，不問原由，不知底蘊，接洽過程很大機會在網上進行，酬金直接過戶，幕後老闆是誰，殺手無需知道，即使拘捕此人，可能問不出任何線索，如今此人要跟老闆見面，實在是個千載難逢的機會。

為免打草驚蛇，我們暫不拘捕他，改為跟蹤，放長線釣大魚，當他與幕後老闆見面時，把他們一網成擒。

假拜恩藏身的洗衣店地牢甚為隱秘，外人不易知道，又有十多個持搶黨羽在店內保護，幕後老闆指示殺手潛入地牢殺人，顯然對洗衣店的情況了解甚詳。他到底是什麼人？為何要殺死假拜恩？逮住此人，自會真相大白。

諾亞探員坐在那殺手的斜對面，假裝看報紙。按照諾亞探員的部署，列車上還有其他外貌不似警察的警察，混在乘客當中，一同跟蹤。他們的喬裝技巧相當到家，我一個也認不出，那殺手亦一樣，毫不起疑，一步一步的帶我們去捉拿幕後老闆。

其實，那殺手不無戒心，每到一個車站，他都拉低少許太陽眼鏡，偷看登車的乘客，確保不被警察或仇家盯上；然而，斜對面的看報大叔，他始終遺漏了。真箇是魔高一尺，道高一丈，諾亞探員果然是高手。

列車經過一站又一站，乘客下車，乘客登車，陌生的臉孔換了一張又一張，「旅程」不知何時終結？

不知怎的，想起黃國彬的詩〈火車〉其中一節：

學校到尖沙咀，濃縮成一行詩：

逗號是沙田、旺角，

總站則是個討厭的句號了。

從天星碼頭回家的一段路

竟冗長累贅如佶屈贅牙的壞句。

在跟蹤職業殺手時，想起這些毫無關係的詩句，唯一的解釋是思家情切，我渴望盡早回到R身邊。

今早，乍醒，我有一個不祥的感覺，若遲了回去，將失去R。

唉，胡思亂想，太可怕了！

這時候，我應集中精神，那殺手並非善男信女，稍有差池，被他察覺、反擊，到時不僅失去R，還失去性命呢！

過了五個車站，那殺手下車了，諾亞探員跟在他後面，相距七、八個身位，我跟在諾亞探員後面，保持三、四個身位。那殺手出閘後，在便利店買了一包香煙。地鐵站頗為繁忙，乘客進進出出、上上落落，他倒不易察覺被人跟蹤。他拆開煙包，取出一根香煙，含在口裏，乘扶手電梯到達地面，離開地鐵站範圍，才掏出打火機點煙。他很守規矩，不因違犯小事而惹人注意。懂得隱藏於人羣之中，是當殺手的起碼條件。

他穿過行人專用區，步下斜道，最後停在接駁巴士站旁邊。他要乘搭巴士？哪一班？去哪裏？

巴士站的長椅上，坐着一個醉漢，抱着酒瓶，醉醺醺的打瞌睡。還有一個女學生，身穿印有大學校徽的T

恤，口裏咀嚼吹波膠，戴着耳筒聽搖滾音樂，音量調得很高，我為她的耳膜擔心。

諾亞探員走到巴士站，坐在女學生身旁，繼續看報，兼聽搖滾音樂。

那殺手終於除下太陽眼鏡，把鏡臂勾在口袋，露出一雙鬼祟的細眉細眼。

我沒靠近巴士站，站在斜道下方的噴水池後面，前面，有個老人家拋麪包碎餵白鴿。

兩個滑板青年，輪流在斜道上玩花式落斜，其中一個在一個大嬸的身前溜過，阻住她的去路，那大嬸瞪着滑板青年，敢怒而不敢言，氣沖沖的繞過他們，捏着鼻孔坐在諾亞探員和醉漢中間。

巴士來了，正正的停在巴士站前，六人下車，女學生登車，那殺手依舊站着不動。

巴士開走，另一輛巴士駛來。

那殺手把半根香煙扔在地上，用腳踩熄。我以為他要乘搭巴士，他卻瞧着巴士後面一輛黑色的林肯luxury

limousine。

林肯luxury limousine應該進出市中心的金融區，接載大老闆，或者，今天，大老闆開車來巴士站，為要接載「臨時僱員」。

大魚上釣了，諾亞探員的右手緩緩探進衣袋，我開步走過去，由慢而快。

那殺手也開步，走到巴士車尾，向「林肯」微微招手。「林肯」駛近，其中一面後座的茶色車窗徐徐降下，一枝裝上滅聲器的手槍從窗後伸出，握槍的手背上，有一個眼鏡蛇頭紋身。

靈光一閃，我有頭緒了。

「小心——」我搶去醉漢手中的酒瓶，擲向那殺手。諾亞探員拋下報紙，拔出配槍。

酒瓶擊中那殺手的小腿，他的腿一曲，失去平衡，跪倒地上，湊巧避過從「林肯」射來的冷槍，子彈「啪」的射中巴士車尾。

諾亞探員跳出馬路，攔在「林肯」車頭前面，舉槍指着擋風玻璃，向車廂裏的人喝道：「我是FBI探員，停車！」

那殺手想爬起來逃走，不料，後腿給那大嬸一腳踏着。

「我也是FBI探員，你給我乖乖趴在地上，雙手放在後腦。」那大嬸用槍抵住他的背部。

前無去路，「林肯」退車，兩名滑板青年溜出馬路，都拿着手槍，對準輪胎開槍。

「呯呯」兩聲，輪胎中彈洩氣，「林肯」不能開動。

那大嬸拿手銬反鎖殺手，並搜去他的手槍。我越過他們，與諾亞探員並肩站着。

「車上的人，馬上離開車廂，接受檢查！」諾亞探員喝令。

「下車，投降吧！」我大力拍打「林肯」的車頭蓋，「你走投無路了，拜恩探員。」

「拜恩？幕後老闆就是拜恩？」諾亞探員大吃一驚，「你怎知道的？」

「純粹猜測，當然希望猜錯。」我一臉遺憾。

*　　*　　*

遺憾得很，我沒猜錯，拜恩探員果然在車上，拿着裝上滅聲器的手槍，當場被捕。

靈感來自那個在手背的眼鏡蛇頭紋身，紋身證明，坐在車上的幕後老闆是黑幫成員；擁有價值不菲的林肯luxury limousine，間接證明他是黑幫的高層成員。

按理，黑幫人多勢眾，他一聲令下，隨時有一千幾百人為他賣命，他卻選擇親自了結那殺手，目的只有一個，掩藏他買兇暗殺「同門」，儘快剷除知情者，所以不能假手於人，更不能讓其他黑幫成員知道。

假拜恩被殺，我一直懷疑是內鬼所為，因為十多個黨羽持槍守護，卻只集中於洗衣店舖面，忽略了另一條通道。細想一層，並非大意，而是故意，告知殺手另一通道的所在，指示黨羽齊集舖面，唯有黑幫高層方能辦到。

在巴士站前，手背紋有眼鏡蛇頭圖案的幕後老闆現身，充分印證我的想法。

進一步推想，假拜恩干犯什麼非死不可的「罪行」？撇除過往的江湖仇怨，他的新近勾當，是登上新聞頭條，與警員槍戰、在農莊脅持人質。站在黑幫的角度，這些，都不是「死罪」。

當假拜恩脫身後，必然向黑幫高層報告，取回鑽石，完成任務。相信，他也會交代假冒FBI臥底拜恩探員博取人質同情，以助他脫身。

如果此事招來殺身之禍，殺他的人只得一個，就是真正的拜恩探員。拜恩探員非殺他不可，因為他會引起FBI的注意，以他為目標，追查失去聯絡的臥底探員的下落。

拜恩探員為什麼害怕FBI追查，理由也只得一個，臥底探員已經變節。

*　　*　　*

拜恩探員變節的原因，不難理解，歸根究柢，源自人性的貪婪。身處酒色財氣的大醬缸之中，經不起諸般引誘，捨不得榮華富貴，坐名車，住豪宅，穿名牌，嚐美食，手下拍馬逢迎，豔女投懷送抱，敵人聞風喪膽，賭場一擲千金，財富愈滾愈多，愈加泥足深陷，結果迷失於醬缸之中。反過來利用FBI的情報，協助黑幫避過警方的截查，令不少重要的買賣水到渠成，因而得到黑幫首領的賞識，指定拜恩為接班人。

一年前，黑幫首領心臟病突發，猝死於夜店，拜恩名正言順坐上第一把交椅，從此與FBI一刀兩斷。他行事小心和低調，一切對外工作全交心腹手下執行。「黑白雙賊」的黑人叫桑治，是拜恩的心腹之一，亦是黑幫內極少數知道拜恩曾是FBI臥底的人。桑治一向口密，對拜恩又忠心，想不到，因一時情急，為求脫身，透露了拜恩的秘密，而所透露的對象偏偏是我。

天網恢恢，疏而不漏。

我讀完諾亞探員給我的拜恩的口供副本，輕輕歎息，喝下最後一口鮮奶，把那份副本的檔案刪掉。

美國的事，已是事不關己。那個德州小鎮，以及鎮上的人和事，跟我再沒半點牽連，相信終此一生，各不相欠，互無瓜葛。

前面，航機直飛香港，到埗後，有更重要的問題，等待我勞心費神——

向R解釋我在那德州小鎮幹什麼？

*　　　*　　　*

我習慣獨來獨往，行蹤飄忽，離去無需送別，歸來不必迎迓，無拘無束，不受羈絆，樂得逍遙自在。然而，這趟從洛杉磯返港，嘉薰醫生竟站在接機大堂等候。

初時，我以為他來接別的親友，但當我們看見對方，有了眼神交流，我可以肯定，他特地來接我。

嘉薰醫生這人有個特點，心情都「書寫」在臉上。或許，對他本人而言是個缺點，對旁人則是個優點。我見他愁眉苦臉的，長途跋涉來接機，料想一定是急事，而且不會是好事……

她專程回港找他作身體檢查……

他此刻愁眉苦臉……

難道檢查結果……

「她的身體如何？沒大礙吧？」到達可以交談的距離，我劈頭便問。

「她的身體…… 正常，可是……」

「可是什麼？快說！」

「可是，R跟她見面，還交談……」

「說得清楚些，R跟誰見面？」我仍抱有一絲幻想，R跟誰見面都可以，千萬不要是她。

「R跟芷晴見面，不，跟真生見面。」

「啊！何時的事？」簡直是晴天霹靂，我內心颳起藤田五級風。

「昨天，在這裏，我和雯送別真生。辦妥行李寄艙後，我們本想去喝杯咖啡，多聊一會，誰知，一轉身，就看見R站在航空公司的櫃檯前面。R的樣子很是嚇人，一眼不眨的盯着我們，我們想躲也不可能……」

「他們後來怎樣？快入正題。」

「R跟真生雖是初次相見，但他們都知道對方是誰。真生坦然地說：她要見我，就讓我們談一談，要見的，總會相見，躲避終究不是辦法。」

「他們談些什麼？」

「阿Wing呀，不消說，R與真生一定談你啦！至於細節如何？我和雯是局外人，當然不方便參與。他們坐在牆邊的長椅上交談，我們站在一個適當的距離保護，以防他們其中一人一時衝動，傷害自己或對方。」

「他們不會的。」

「對，他們很理性、平和，最後只有激動，沒有衝動。他們大約談了二十分鐘，R站起身，走開，真生呆坐椅上，哭成淚人，雯跑過去安慰真生。R走過來，木無表情，不吭一聲的，交給我這串鎖匙。」嘉薰醫生把大串鎖匙塞進我的手裏。我認得全是R的門匙、車匙、櫃匙……

嘉薰醫生接着說：「R雖不作聲，但我感到她的內心極之苦澀。我問她，R你沒事吧？你要去哪裏？這些鎖匙是要轉交阿Wing嗎？我還有什麼可以幫你？」

「她一句也沒答。」我心裏一片酸苦。

「沒錯，也沒瞧我一眼，離開了。」

R離開了。

R離開了。

R要離開，沒人可以阻止，R要躲，沒人可以找到，包括我。

「真生她說了什麼？」

「真生哭了一會，平靜下來，不住叮囑雯，說：告訴阿Wing，一定要尋回R，要好好愛惜她，她很可憐，不能讓她獨自傷心。之後，真生不再說話，黯然挽起手提行李，步進離境禁區。」

真生重返德州小鎮，她至少還有彼得，彼得會好好照顧她。但，R除我以外，舉目無親。

R是個完美主義者，對愛情容不下一絲雜質。我恰恰相反，生性不羈，行事隨意，不善於處理感情問題，拖泥帶水。早前，R因隱瞞真生尚在人間，深深自責和內疚，引致抑鬱症復發（詳見《真生再見》和《Q版特工32奪寶殺機》）。這趟，我隱瞞R偷偷飛往美國去見真生，雖然真生回港我撲空，證明我與真生之間完全沒交往，然而，要求完美的R，絕對容不下這點「雜質」，我的隱瞞，她會視作不忠。抑鬱症最危險的病徵是患者可怕的聯想，芝麻綠豆的小事，也可災難性地無限擴大，旁人不明白為何抑鬱症患者會因小事而自尋短見，我與R相處久了，完全明白她一旦病發，多麼蠢笨的念頭都會湧現出來，所以真生說得對，我一定要設法尋回R。

但，天大地大，R有心躲藏，我如何尋找？

那關鍵的二十分鐘，R與真生的對話，可能有助尋找R；不過，除了R與真生，再沒第三者知道談話內容。如今R不見了，應該去問真生嗎？

我全沒主意。頭痛！

「阿Wing，你的臉色很差，哪裏不舒服？」

「頭痛，有Panadol嗎？」

「說真的，我也有少許頭痛。我去便利店買藥，你先坐下，等我。」

我乾脆坐在行李車上，看着嘉薰醫生轉身，急步走開。

人來，人往，有推着行李車的，有拖着行李的，有兩手空空的。走過手挽手的甜蜜情侶，走過幸福的一家四口，走過浩浩蕩蕩的日本人旅行團。

嘉薰醫生的身影，很快被人潮淹沒，或許，他已走進便利店內。

頭痛漸漸減輕，可以不服藥。藥多吃，加重腎臟的負擔；不吃，頭痛難當，真矛盾。

機場是個矛盾感濃重的地方，離愁別緒的傷感，久別重逢的喜悅，闖蕩天下的刺激，落葉歸根的安慰，在這個小地方，交織出人生的悲歡離合。人生匆匆數十寒暑，晃眼便過，有人愛我，有人恨我。愛我的，我不懂珍惜；恨我的，我問心無愧。

真生和R對我有沒有恨？

愛他們，我沒半分虛假。矛盾的三角關係，從來只有痛苦與糾纏，沒有兩全其美的選擇。無論選擇哪一方，結果，三人同樣痛苦。

我可以選擇，R也可以，真生更可以。

我應該尊重他們的選擇？抑或竭力為我所愛的人帶來幸福？

還是一切隨緣？

* * *

三分鐘後，嘉薰醫生氣急敗壞地跑回去，拿着Panadol和礦泉水，可是，行李車上，空空如也。

後記

拜嘉薰醫生所賜，在我們合著的《真生再見》，出人意表地令真生「起死回生」，平白為Q版特工增添一段令人頭痛的三角戀愛。

阿Wing固然不善於處理感情瓜葛，我何嘗不是！不然的話，我早已轉寫愛情小說啦！

拖拉迴避了好幾集，醜婦終須見家翁。

正如真生所說：「要見的，總會相見，躲避終究不是辦法。」

於是，今集撇撇脫脫的，讓R和真生來一次面對面交談。

對阿Wing來說，無疑是個晴天霹靂的震撼，他不懂如何選擇。故此，在小說的末尾，我特地安排那位

「始作俑者」── 嘉薰醫生 ── 與阿Wing一起頭痛。

在網上，讀者搞投票，贊成阿Wing選真生或R，意見紛紜，莫衷一是。

目前，我還不知阿Wing最終選哪一位，不過，可以肯定的情況是，他選真生記掛R，他選R記掛真生。藕斷絲連，感情不可能一刀切割。

換另一個角度，真生與R亦然，即使阿Wing留在自己身邊，她也稱不上「勝利」，因為她心裏永遠有一根刺。

三角戀愛一旦形成，三人注定一生不快樂。這是個無可避免的悲劇，這悲劇源自三人的情真意真，拿得起，放不下。

阿Wing瞞住R千里迢迢飛往美國，為要偷看真生一眼，就是放不下，任誰都不會做這種傻事。

真生在異鄉重過新生，而彼得是個典型的理想丈夫，真生卻不接受彼得，也是放不下。至於R，更不消說了。

三人的舉措，都是沒道理可言的，所以，王子公主式的童話愛情結局，在可預見的將來，不會在「Q版特工」出現。我如此說，也許，會使慣讀童話的小讀者失望。

近年，由於小學生讀者增多，我順理成章地成為兒童文學作家，更有小學邀請我去演講。曾經有位小學二年級的書迷在演講後找我簽名，嚇我一跳。

我常問老師：「小學生看得懂『Q版特工』嗎？」

答案多是「學生鍾意睇」、「識睇」、「覺得好睇」、「文字淺白」、「內容有趣」，諸如此類，都是問非所答。當然，小學生看得懂，亦非我所願。天真的小孩子變成世故的「老人精」，大家都不樂意看見。

深有深讀，淺有淺讀，我唯一擔心的是，有些朋友小學時讀過，到了中學不再讀。

有中學老師向我訴苦，結盟小學把「Q版特工」編為課外讀物，令他不能再編。我不怕臉紅的開導那位老師：「『Q版特工』表面淺白，內容有層次、具深度，可以一讀再讀。若然學生真的提不起興趣，別怕，我們還有『嘉薰醫生探案』。」

嘉薰醫生的回應：是我闖的禍

是我闖的禍。

一直以來，R、阿Wing和真生的三角戀愛，總是拖拖拉拉，糾纏不清。阿Wing因真生的離世多年來無法釋懷，朝思暮想，甚至陷入幻覺中，令自己和身邊人痛苦，這長期過度的哀悼反應，醫學上已構成疾病（prolonged grief disorder）。

我不忍心他繼續下去，於是三年前徇眾（包括自己）要求，藉真生的「復活」，企圖讓三角關係明朗化，面對面來個對決，為阿Wing提供另一出路。

料不到把攤子弄得更糟了。

原本只停留在思想層面的牽掛，現在阿Wing的情感更矛盾、糾結了—— 每日兩次強迫性地盜入電腦系統窺視真生，五天不見便心急如焚，二話不說偷偷的老遠飛去德州，只為隔着玻璃窗看真生一眼，左閃右避向R隱瞞行蹤，影響生活妨礙工作又破壞關係…… 相思成災，我開始為阿Wing的情深擔心。

阿Wing「難得一身好本領，情關偏偏闖不過」。感情事，每人都知道不該婆婆媽媽，拉拉扯扯，傷了別人害了自己，這些阿Wing當然清楚知道，卻沉溺其中無法自拔，身邊的嘉薰醫生和友好亦已好言相勸，仍於事無補。但理性歸理性，身陷感情囹圄的又豈能單單以理性分析解決？解鈴還須繫鈴人，如果阿Wing仍舊作繭自縛，想要抽身了斷的話，就需主動尋求輔助了。

可是，阿Wing會主動尋求幫助嗎？他精明能幹，上天下海能文能武以一敵百，頭痛只會服Panadol而不求醫，相信更會用自己的方法處理問題。阿Wing最終情歸何處？作為讀者的我們，無論結果如何，只要在他身邊默默陪伴他、支持他，和他一起度過這艱難的時刻就行了。

阿Wing，頂住，保重呀，我們撐你。早日找到最愛啊！

作者電郵，歡迎聯絡：
forhing@gmail.com